星期五的書店

金曜日の本屋さん　夏とサイダー

夏天與汽水

名取佐和子
徐欣怡 譯

目錄

第1章

相隔多年的讀書會

剛才在書櫃前猶豫了老半天的野原高中男學生，拿著一冊文庫本（註一）走向結帳櫃檯。我暗自高興「他終於選好啦」，臉上卻不動聲色，挺直背脊。

我瞥向男學生遞出的文庫本書名，推推眼鏡。

《日安憂鬱》。

法國女作家法蘭絲瓦．莎岡在半世紀前寫的書，描寫一名少女在一個夏季中發生的故事。眼前的男學生體格壯碩，說不定有在練柔道。但即使是肌肉發達的男生，也會對細膩描寫少女心境的小說感興趣吧。閱讀是自由的。

「要包書套嗎？」我伸手去拿印有「金曜堂」（註二）標誌的包裝紙，主動詢問，男學生沉默搖頭。陽光曬成紅褐色的脖子上，點點汗珠晶瑩閃著光。

「謝謝。」

我將文庫本放入袋中遞過去，男學生一手抹去汗水，一手接過袋子，慢吞吞地走出店門。

櫃檯裡面的門開啓，店長槙乃探出頭來。

「倉井，『金曜堂獨家精選夏季書展』銷售順利嗎？」

「順利，正好又賣出一本。」

我指向正在闔上的自動門回話。月台傳來上行（註三）電車即將進站的廣播，與聲聲蟬鳴互相交疊。

我打工的「金曜堂」，位於大和北旅客鐵道蝶林本線的車站裡，是一家車站書店。野原車站是小站，乘客幾乎全是附近的猛瑪校（註四）野原高中的學生。順理成章地，「金曜堂」在規畫書展和進貨時，通常都會特意配合高中生的喜好及學校的例行活動。

聽了我的回答，槇乃雙手交抱點點頭，一雙大眼睛閃閃發亮。

槇乃的目光落在入口前的書櫃。那裡一向用來陳列新書，不拘單行本、文庫本或漫畫，只是最近野原高中快放暑假了，現在是「金曜堂獨家精選夏季書展」的專區，擺滿古今中外描寫暑假或夏季故事的作品。

「要寫讀書心得才看書，多無趣。」

槇乃念出自己用POP字體寫的標語，忽然露出頑皮的神情。

註一：小型平裝本口袋書，尺寸約為十四．八×十．五公分。
註二：日文的「金曜」即「星期五」之意。
註三：日本鐵路以東京為中心，接近東京的列車稱為「上行」，遠離東京的稱為「下行」
註四：日本一九七〇年代出現的教育名詞，指人口大量遷入都市，導致學生突然爆增的學校，也用來形容學生數量多的學校。猛瑪象即長毛象。

「那麼，目前賣最好的是誰選的書？」

「啊，是阿靖哥選的《日安憂鬱》。」

我朝她舉起方才結帳時從文庫本裡抽出來、可作爲單據用的補書條，槙乃頓時鼓起雙頰。

「又是阿靖？他還眞厲害。」

「對了，剛才賣出的《西瓜的香氣》（註），也是阿靖哥挑的。」

這次夏季書展的書，是由「金曜堂」全體工作人員選出來的，我也在萬般苦惱下勉強交出幾個書名。我看得少，挑出三本腦漿就快榨乾了，但店長槙乃與老闆和久，以及明明是書店店員工作內容卻彷彿咖啡廳吧檯的栖川，都滔滔不絕說出一個又一個書名，聊得不亦樂乎，簡直像要列出千本書才甘願。當夏季書展開跑後，他們又幼稚地掛心誰推薦的書籍銷路最好，心情忽高忽低。

「沒關係啦，南店長，偶爾也要讓老闆出出風頭啊。」

槙乃氣鼓鼓的臉頰看起來十分柔軟，我拚命按捺想伸手去戳的衝動。「不管賣出去的是誰選的書，反正賺錢的都是『金曜堂』。」我刻意冷靜安慰她，不料槙乃忽然立正站好，雙手先在胸前交叉，再一口氣往左右揮開，嘹亮地大喊：

「歡迎光臨『金曜堂』！」

不輸女僕咖啡店甜美又熱情的招呼聲，迎向的是一名野原高中的女學生。由於已換季，女學生的上衣只有一件夏季制服的白襯衫，全身顯得白晃晃的。她擺動手腳快步走近的模樣，再搭上嬌小的身材，就像隻小松鼠。頭上的髮帶前面刻意留下了不少劉海，短髮髮尾有多處翹起。

那名高中女生走到結帳櫃檯，雙手握著輕型背包的背帶，挺直背脊，湊近槙乃。那雙圓滾滾的可愛眼珠轉了轉，她驚呼出聲：

「哇，是本人。」

這個人是怎麼回事？我反射性地站到前面護住槙乃，她卻露出和善的微笑。

「沒錯，我就是『金曜堂』的店長本人，南槙乃。妳是來找書的嗎？」

「呃，該說是來找書，還是來找人……」

「找人？」

高中女生彷彿爲映照在槙乃清澈瞳眸中的自己感到慚愧，退後了一步。扭捏片刻後，

註：江國香織的短篇小說集，於一九九八年發行初版，收錄十一篇屬於少女夏日情懷的故事。

又很快振作，抬頭望向槙乃。

「我叫東膳紗世，就讀野原高中一年二十班。我的同學——啊，她叫眞登香——她大姊告訴我們，這家書店是以前我們學校讀書同好會的校友開的，我就來看看。」

「沒錯，我是校友。」

槙乃隨性舉起手應道。紗世——她拚命鼓起勇氣的神態，令人不禁想喊她「紗世妹妹」——點頭回答「我知道」。

「我在畢業紀念冊上看過『星期五讀書會』成員的長相。」

「咦，妳看了槙……南店長那一屆的畢業紀念冊嗎？」

我差點脫口說出眞心話「好羨慕」時，恰好一位客人拿著雜誌走過來，槙乃立刻站到收銀機前。

紗世沒了談話對象，便閒逛到夏季書展的書櫃前。槙乃向我使眼色，我趕緊跟上去。這時，前方的自動門倏地開了，和久與栖川走進來。

「呼——熱死了，我大概融化了兩公厘。要是我變矮，都是日本天氣太熱害的。」

和久不停嚷著「好熱、好熱」，燦亮刺眼的金色小平頭，搭上一身亮晃晃的西裝，看得我都悶熱起來。他很快注意到站在夏季書展專區前的紗世。

「喂，高中生小妹妹，妳在找夏天的書嗎？挺有想法嘛。萬一不知道看哪本好，隨便問。我賭上『金曜堂』老闆的威名幫妳推薦——」

「是本人！兩個都是本人！」

沒等他說完，紗世就揚起清澈的嗓音，指向和久與栖川。

「這是什麼情況啊？高中生小妹妹，不要用手指別人，沒禮貌。栖川，對吧？」

和久回頭徵求栖川的附和，但栖川不出聲也沒點頭，只是撥開長劉海，疑惑地側著頭，清秀五官中格外顯眼的藍色眼眸掠過一道光芒。面對帥哥銳利的目光，紗世毫無怯意，反倒好奇地左右張望。

「還有一位學長呢？在哪裡？」

「還有一位？妳是什麼意思啊？」

和久猛然壓低聲音，緊緊皺眉，那股氣勢嚇得紗世雙肩一震，差不多就像一隻在森林中不幸撞見熊的松鼠。

我慌忙介入和久及紗世之間，比了下占據「金曜堂」狹長店面一半空間的茶點區。

「呃，站著聊不太好，不如去那邊坐吧？」

紗世得救般抬起頭，循著我的手勢望向那一區，隨即滿心好奇地踩著小碎步過去，連連驚呼。

「『金曜堂』原來是一家書店咖啡廳。」

「不是，是附茶點區的書店，聽懂了嗎？」

和久跟在後頭出聲糾正，但紗世根本充耳不聞，神情雀躍地坐上吧檯前的高腳椅，雙腿晃呀晃的。

「好棒，可以買書又可以用餐，簡直太完美了！」

這是我看到的最後一幕，接下來的情況就不得而知了。書區客人一聲「不好意思」叫住我向前的腳步，我不得不回到書店工讀生的崗位上。

後來，爲了加速消化結帳櫃檯前的人龍，我站到槇乃身旁敲打起另一台收銀機，又應客人要求前往地下書庫取書。直到去把平台上歪掉的書擺整齊時，我才注意到茶點區已不見紗世的身影。

打烊後，我清過帳，並打掃完，發現槇乃、和久及栖川早就聚在茶點區聊天。

我盡量避免引起注意，在吧檯最靠邊的位置坐下。頭頂上方，懷舊復古的橘色吊燈照亮吧檯。

「想讓『星期五讀書會』復活？」

「嗯，那個高中生小妹妹就是這麼說。」

「爲什麼？」

「誰曉得？不就是喜歡看書嗎？南，跟妳高中時一樣吧？」

「是嗎？不過，她是要重新組一個讀書會吧？根本沒必要特地沿用『星期五讀書會』這個名稱。」

槇乃側頭，神情滿是不解。這時，和久眼神飄忽，手敲起吧檯桌面。

「啊，對了，也不算是完全沒有理由啦……」

「說是打算拜託阿羽再出任同好會的指導老師，才想到這個主意。」

栖川悅耳的聲音插進來。一瞬間，眾人陷入沉默。只見槇乃原先靈動的神情化爲一片空白，我覺得自己有義務說點什麼，便開口問：

「那個……阿羽是誰？是外國人嗎？（註）」

「才不是。」

註：音羽的日文讀音是「OTOWA」，讀書會成員對他的暱稱「OTTO」聽起來非一般日文名，倉井才會如此問。

和久好似鬆了口氣，大聲回答。槇乃重拾笑容，爲我說明：

「『阿羽』是教古典文學的音羽老師的綽號。當時他大學剛畢業，被我們硬拉來當指導老師。」

「南，是妳自作主張拜託他的吧？」

「不然怎麼辦？校方說沒有指導老師就不承認同好會啊。」

面對昔日同窗、現任同事的和久及栖川，槇乃語氣就會變得隨意。我總是羨慕地聆聽三人的對話，眞希望有一天能見到連他們兩人都沒看過、槇乃私底下的面貌。有一天……會有那一天嗎？

就在我沉浸於幻想、黯然神傷時，三人的對話依然持續著。

「我很久以前聽說他離開野原高中了。這樣啊，他回來啦。」

「說是今年四月回來的。」

「我都不曉得。」槇乃輕聲低喃。和久凹陷眼窩中的雙瞳緊盯著她。

「那個高中生小妹妹說，阿羽熟悉讀書同好會的運作方式，眞的很想請他擔任指導老師，但阿羽反應冷淡，她才來詢問『能不能拜託各位大前輩幫忙說服老師呢』。」

「由我們開口……合適嗎？」

槙乃偏頭遲疑著。此時，栖川從吧檯另一側端出四罐啤酒和撒上碎紫蘇葉的番茄下酒菜，強制阻斷了我望向槙乃的目光。

「我們雖然是校友，也不能勉強老師，用這說法拒絕她就好了。」

平日寡言的栖川以優美嗓音說出的話，總是特別有分量。我伸手拿啤酒時，和久已邊咂嘴邊粗魯地拉起拉環了。

「就是啊，現在再回去找阿羽……」

和久暢飲啤酒時的自言自語，被槙乃一聲豪爽的「呼哇」打斷。

「啊！南，太快了吧？妳是一口氣喝完的？對吧？」

和久及栖川訝異地站起，不過一切都太遲了。只見槙乃滿臉通紅，已徹底喝醉。

❀

紗世再度現身「金曜堂」，是下星期五的事。

野原高中第一學期的期末考結束後，通常只有早上的課，這一天應該也是如此，紗世卻傍晚才露臉。由於錯開了電車進出站的時間，店裡沒有其他客人。

當時我在距離店門口稍遠的書櫃更換陳列的書籍，待在茶點區的和久率先注意到她。

「喲，等妳很久嘍，高中生小妹妹。」

「我叫東膳紗世。」

「我知道喔，當然（註）。」

面對規規矩矩地自報姓名的紗世，和久依舊吐出諧音冷笑話，從專屬位置的高腳椅上跳下來，邁開外八字的步伐，走近站在店門附近書區的紗世。

「由校友出面拜託音羽老師，擔任『星期五讀書會』指導老師那件事……」

「可以嗎？如果可以，最好今天就去找老師。」

紗世的臉龐一亮，然而一看見和久的表情，雙肩又無力下垂。

「不行……嗎？」

「不好意思，我們都畢業了，還厚臉皮跑去拜託老師，實在不太妥當。」

和久貌似遺憾地咬住下唇。看來，連他自己都沒辦法接受這種理由。

我立刻看向吧檯裡的栖川，又望向通往倉儲室的門。槙乃就在那扇門後。可是，栖川只是低頭擦拭玻璃杯，槙乃也沒有要出來的跡象。

紗世不禁皺起眉頭，髮尾翹起的短髮搖晃著。

「我懂了。真抱歉，拜託你們做奇怪的事，我會自己去問。」

「啊，等一下，高中生小妹妹，妳拜託的事一點也不奇怪。不需要道歉，高中生小妹妹。」

「我的名字是東膳紗世。」

「啊啊，我知道。我記住了。東膳紗世，是個好名字。等等，我叫妳等一下啦。」

紗世朝自動門走，和久趕忙追上，在「金曜堂獨家精選夏季書展」那區書櫃前張開雙臂，擋住她的去路。

「什麼事？」

「妳現在就要自己去拜託音羽老師吧？有把握嗎？」

那個……紗世支支吾吾，和久抬起下巴示意書櫃。

「妳先挑好第一次讀書會要討論的書，帶過去。」

「咦，還不確定老師會不會答應，就先挑書嗎？」

「這是戰略，就是要讓他沒辦法拒絕啊。」

註：「東膳」和「當然」的日文讀音相同。

和久凹陷的雙眼驀地睜大，散發出不容拒絕的氣勢。於是，紗世順從地轉向夏季書展的書櫃，由左邊依序瀏覽書名。從我所在的位置，剛好能瞧見她視線移動的速度逐漸加快，最後幾乎是斜著滑下最底層。

終於，那隻小手抽出一冊文庫本，我看不見書名，和久卻驚愕地張大嘴巴，凝視著那本書。紗世神色不安，歪著頭問：

「這本書……不行嗎？」

「咦？不，很好，說不定是個機會。」

「機會？」

紗世訝異地蹙眉。我正要走進結帳櫃檯，和久卻舉手制止我，難得親自幫客人結帳，再走出來。

「千萬不要包書套，封面要露出來，務必讓他答應。」

聽完和久貌似脅迫的鼓勵，紗世眉頭依然深鎖，走出店門。

我今天值早班，紗世離開的半小時後就下班了。平常我都會盡量在有冷氣的店內待到最後一刻，才穿過天橋，下樓梯到上行電車的月台，但發現票口有一道熟悉的人影，我便改變了前進方向。

「紗——」

紗世。我差點就一副我們很熟的樣子順口喊出來了，趕緊清喉嚨掩飾。聽到那一聲，紗世回過頭。她手上拿著剛買的文庫本。我走近後，終於知道書名。

「書店的大哥哥，你下班了嗎？」

「嗯。我叫倉井，是工讀生。倉井史彌。妳買的是《第六個小夜子》（註一）啊。」

我指向文庫本，紗世回答「對」，把書舉到眼睛的高度。我記得這是夏季書展裡槙乃選的書。

「『小夜子』這名字讓我覺得很親切（註二），不自覺就挑了這一本。但我剛看了一下封底的內容介紹，好像是恐怖故事，實在傷腦筋。」

「妳不敢看恐怖故事嗎？」

紗世眼裡流露不安，用力點頭。髮帶下的短髮朝四面八方擺動。

「不敢。老實說……」

註一：恩田陸的第一本小說，曾入圍新潮社第三屆奇幻小說大獎決賽。
註二：小夜子的日文讀音「SAYOKO」，和紗世「SAYO」十分接近。

「難不成，妳其實不太愛看書？」

紗世注視著我的濕潤雙眼驚慌地左右游移，嘴巴開了又閉，鼻翼微微擴張，簡直像是小松鼠的四川變臉秀。於是，我強忍笑意坦白：

「其實我也是，之前一直排斥書，或者說害怕書，都沒怎麼閱讀，所以一踏進書店眼睛都不曉得該看哪裡。書本太多帶來的那股壓迫感，我很瞭解。」

看到紗世在書展專區露出的表情、視線移動的方式，我立刻發現「啊啊，她跟以前的我是同類」。

紗世似乎相信我說的是實話，鬆了一大口氣，口吻隨意不少。

「咦，居然有討厭書的書店店員？」

「是啊。不過，至少我現在能看一點了。」

「哦，爲什麼？」

紗世側著頭，神情彷彿等待餵食的小松鼠。我當然不可能坦承自己動機不純——「因爲對書店店長一見鍾情」，只好以問題代替回答：

「東膳，妳又爲什麼想組讀書會呢？」

「因爲那裡有我理想的青春。」

「青春？」

我反問時眼鏡都滑下來了。紗世的神情不帶絲毫羞赧，她把《第六個小夜子》收進背包後袋，朝驗票閘門走去。

「倉井先生，如果你有空，能不能陪我一起走去學校？」

我的眼鏡又滑下來了，內心不禁擔憂，和這麼小——話說回來，她好歹也是高中生了，只是看起來更爲年幼——的女孩走在一塊，旁人會不會懷疑我是壞人？

「可是，我不是『星期五讀書會』的成員，也不是野原高中的校友。」

「沒關係，這種時候只要有人能陪我，是誰都無所謂。倉井先生，拜託你。」

紗世「啪」地雙手合十，認眞懇求。

「雖然書店老闆剛剛那麼說，但要獨自去找音羽老師還是很恐怖。一想到萬一老師拒絕我，腦中就一片空白。」

「好、好吧……如果妳不嫌棄的話。」

我別無選擇，只好和紗世一起通過驗票閘門，踏上與國道反方向的上山坡道。

爲了方便腳踏車和公車行駛，這條山路鋪有柏油，一旁的步道還設有護欄。我上次去野原高中是搭計程車，沒發現這條步道其實很難走，不僅狹窄，路面也崎嶇不平。

連精力充沛的紗世呼吸也逐漸紊亂，肩膀大幅左搖右晃。儘管如此，她仍滔滔不絕，不知是想掩飾即將面對音羽老師的緊張，還是想忘卻天氣的炎熱，抑或是，這個年紀的女生就是單純愛講話。

「我一直相信上高中後，就會見識到精彩有趣的新世界。高中生活肯定會發生一大堆事讓我體會到『這就是青春』。」

「『這就是青春』啊，像《轉瞬爲風》（註一）那樣嗎？」

「這是哪首歌的歌詞？」

「是小說的書名。我也是最近才看，是個會讓人熱血沸騰、想加入社團活動的故事。」

「是喔。」紗世的回應心不在焉，完全無意延續這個話題。看來，光是將內在滾滾湧出的話語說出口，她已耗盡全力。

「我沒有想加入的社團，也找不到合得來的朋友，每天的生活和夢想中的青春根本連邊都沾不上。」

「總有一些新的刺激吧？那是一個學年就有上千名學生的猛瑪校耶。」

聽到我的勸慰，紗世吸口氣，轉過頭來。

「沒錯！我們學校一個學年就多達二十五班，人多到臉都記不清，居然完全遇不到有意思的人，這不是很奇怪嗎？爲什麼？難道是我太無趣了嗎？」

紗世「啊──啊」地大叫，雙手在後腦杓交抱。

「我心目中稱得上『這就是青春』的生活，是像『穿時少女』那樣。每年夏天，電視台不是會重播那部動畫嗎？我每年都會準時收看。」

紗世說的顯然是細田守（註二）導演製作的動畫長片《穿越時空的少女》。我馬上就想介紹筒井康隆寫的《穿越時空的少女》原著小說給她，但還是暫且打消了這個念頭。

「時空旅行？來自未來的旅人？妳想要這種充滿科幻氣息的青春？」

「不是啦。我想表達的是，好似用力榨出的檸檬汁一樣的青春。超脫現實限制般光芒萬丈，閃閃發亮的每一天，才是我想過的日子。不是等逝去後驀然回首才驚覺，而是置身其中時就清楚意識到『這就是青春』，盡情享受。」

註一：佐藤多佳子的長篇青春小說，曾獲第二十八屆吉川英治文學新人獎及二〇〇七年書店大獎。

註二：日本動畫導演，被譽為「新世代日本動畫大師」，長篇作品有《穿越時空的少女》、《怪物的孩子》等。

「所謂的『青春』有這麼閃閃發亮嗎？」

回想國、高中時期，我的內心頓時陰霾密布。記憶中閃閃發亮的，只有買回家後幾乎沒彈過、連調音都不太會的電吉他，還有沒人想要的制服金釦子（註）。大學也沒好到哪去，如果不是上大三後換了校區，開始在附近的「金曜堂」書店打工，我多半還不曾看到一絲光亮吧。沒錯，槙乃的笑容就是那道光，多虧有她，我總算領略到青春的燦爛精彩。

黑暗時代的記憶瘋狂湧現，我搖搖頭，甩開那些過往。紗世又轉回來，雙頰泛紅說道：

「我也曾這樣想，差點就要放棄，懷疑那種美好的青春根本是別人編出來的。可是，我跑去圖書館消磨時間，眞的找到足以讚嘆『這就是青春』的閃亮證據。」

「妳說的是——」

紗世沒聽完我的猜測就點頭。

「我們學校以前的畢業紀念冊。我看了好幾屆的紀念冊，有『金曜堂』店員的那一屆特別青春洋溢。那個同好會完全符合我的理想，也不知道是人選都對了，還是就像現實版的『穿時少女』。」

「光看紀念冊上的照片，妳就能這麼肯定嗎？」

「可以。倉井先生，如果看過那本紀念冊，你一定也會認同。」

紗世說得斬釘截鐵，握住背包肩帶，似乎感動得一塌糊塗。

「自從眞登香的姊姊告訴我們，音羽老師是當時的指導老師，我滿腦子都是這件事，一心只想組個讀書會。我邀了幾個沒參加社團、我也感興趣的同學，約好讀書會一成立，他們就會加入。所以，全看音羽老師的答覆了。我的青春，就賭在音羽老師的身上。」

紗世熱切訴說時，公車經過我們身旁，往下開去。這輛公車以野原車站前的圓環爲起點，專門往返車站與野原高中之間的路段。紗世不自覺地目送著公車，忽然雙眼圓睜，叫喊起來。

「音羽老師！」

「咦？」

「音羽老師就坐在那輛公車上。糟糕，現在怎麼辦？老師要回去了。」

我順著紗世的目光，定睛看向公車後方，最後一排坐著一名男子，他就是音羽老師嗎？在我的腦海中，逐漸遠去的公車忽然和槇乃的背影重疊。追不到，卻仍想追求的事

註：日本校園中，女生會向心儀的男生要制服上的釦子。

物。這個心願很蠢吧？可是，我不願意把自己當笑話看。若是不相信自己能追上，就什麼都改變不了。我立刻抓住淚眼汪汪的紗世肩膀，說道：

「我們追。」

「追公車？用跑的嗎？」

「對。挑戰一些明顯不可能的事，也能感受到『這就是青春』喔，東膳。」

雖然對紗世不太好意思，但此刻我也將自己的青春，賭在紗世的青春上了。或許這讓我的話更有說服力，紗世立刻回答「好」，神情認真起來。身後的背包彈跳了一下，她緊緊盯著公車。

「一定要追上。」紗世彷彿在自我激勵，穿著運動鞋蹬了下地面便往前衝。她的速度出乎意料地快，我趕緊追上去，沿著方才走上來的那條路一口氣往下衝。

最後，紗世贏了青春的賭注，真的追上音羽老師。幸運女神站在我們這邊，音羽老師在下一個站牌就下車了。要是他一路搭到野原車站，先不說紗世，我的體力恐怕會撐不住。

音羽老師下車的公車站名，叫作「野原靈園前」。紗世回頭時，鼻尖上掛著晶瑩汗珠，右頰染上夕陽的橙紅色彩。

「老師是去掃墓嗎？」

我們還在納悶，音羽老師已朝野原靈園愈走愈遠。保持安全的距離跟在後方，我端詳著音羽老師那感覺不太健康的微駝背影。他的頭髮很長，要說是自然派未免太過雜亂了。擔任槙乃他們的指導老師時，他也是如此憔悴嗎？

進到野原靈園後，眾多墓碑宛如梯田般一排排整齊並列，形狀都差不多，難以分辨。音羽老師徑直向前走。

「老師似乎很熟悉這裡。」

「嗯。是家人的墓嗎？但他沒帶花也沒帶水。」

我和紗世低聲交談時，音羽老師停下腳步，轉往上方成排的墓地走。我們決定先躲在樹後，從下方觀察情況。

音羽老師在中間高度的一個墓前駐足，一直凝望著眼前的墓碑。

老師與墓碑之間流淌著靜謐的氛圍，我們不自覺地屏住呼吸，短暫忘卻了炎熱。身旁的紗世太陽穴上掛著晶瑩汗珠，眼睛眨個不停，還一邊咬指甲。

「倉井先生，現在該怎麼辦？」

「什麼怎麼辦？」

「這種時候跑過去，不會太尷尬嗎？」

「這倒是……」

「剛才只顧著追上老師，現在冷靜想想，這樣實在太詭異了，怎麼可能在墓前巧遇。」

「妳想先撤退嗎？」

「對，我明天去學校再拜託老師。不好意思，倉井先生，讓你陪我亂來。」

「不用在意。」

我們竊竊私語完，正要折返時，背後響起一道聲音。

「東膳？」

紗世明顯渾身一震。她瞄了我一眼，接著，不知為何高舉雙手轉過去。

「是，沒錯，對不起。」

「妳怎麼會來這裡？」

「對不起。」

「妳手先放下來，我又沒拿槍指著妳。」

「啊，抱歉。」

無論音羽老師說什麼，紗世只是不住道歉，老師無奈地望著她片刻，目光才緩緩移到我的身上。我思忖著，那是一雙教師的眼睛。高中時老愛點人起來問些難題，讓大家都怕得要命的數學老師，就是用這種眼神環顧整間教室。雖然沒舉起雙手，不過我決定放棄掙扎，點頭致意。

音羽老師正要離開墓前，又忽然停住，交互望著我們與墓碑，然後，像是改變了主意，朝我們招手。

「你們可以過來嗎？」

近距離見到音羽老師，才發現他本人並沒有背影那麼虛弱。爬滿鬍碴的臉龐透著恰到好處的憂愁，想必常被人說「很性格」吧。就是那種襯衫上的皺褶、卡其褲膝蓋上的破洞，都能用「率性」一詞形容，令人羨慕的類型。

音羽老師撫過下巴的鬍碴，瞇起眼。

「你是……野原高中的學生？」

「不是，我是大學生。」

我老實回答，紗世從旁補充：

「倉井先生在野原車站那家書店打工，我找他商量『星期五讀書會』的事，沒想到恰巧瞥見老師坐在公車裡，就一起追過來了。」

音羽老師聽見「星期五讀書會」，深深嘆了口氣。

「『金曜堂』找了個這麼亂來的工讀生啊。」

「不好意思……」

我和紗世異口同聲地道歉。紗世維持低頭的姿勢，指向音羽老師背後的墓碑。

「請問這是誰的墓？」

「不要用手指。」

音羽老師語氣溫和地制止紗世，回頭望著那座年代悠久的墓碑，像用目光將上面刻的「五十貝家之墓」這幾個字描繪過一遍後，才又轉向我們。

「學生的。」

「咦，學生？讀我們學校時過世的嗎？」

音羽老師並未回答紗世的問題，不停摩挲著下巴的鬍碴。

「東膳，不好意思，不管妳來問幾次，我都不會——」

「我今天把想討論的書帶過來了。」

紗世的手伸到身後，想打開輕型背包的後袋，但胳臂不夠長，一次次在空中徒勞地揮舞。我看不下去，只好幫她打開，取出文庫本放到她的手中。

「倉井先生，謝謝。」

紗世微笑，露出整齊的牙齒，雙手舉起文庫本，想讓音羽老師看清楚。

「我想在『星期五讀書會』的第一次聚會上，討論這本《第六個小夜子》。老師，拜託你當我們的指導老師。」

紗世將腰彎成九十度，朝音羽老師深深一鞠躬。我連忙跟著鞠躬。

音羽老師一直默不作聲。實在沉默太久，我擔心地抬起頭，身旁的紗世似乎也沉不住氣了。

只見音羽老師僵在原地，彷彿連呼吸都忘記了。

「音羽老師？」紗世出聲呼喚，他才終於有了一點反應，宛如生鏽的馬口鐵娃娃般遲鈍地轉過頭。

「東膳，這本書……是妳選的嗎？」

「對。」

「這本書我也看過。」

「那樣的話——」

紗世看見一線曙光，不料，老師比方才更堅決地拒絕。

「我不會當指導老師。再也沒辦法了，眞的。東膳，妳就死心吧。」

紗世流露不知所措的目光，她抬頭望向我彷彿想尋求協助，但我默默搖頭，說著「今天先回去吧」，伸手輕推紗世的背包。沒裝多少物品的背包歪歪扭扭地凹陷下去，在我眼中，就像一張哭泣的臉龐。

❀

天色徹底暗了，我們並肩走在野原町，回到「金曜堂」。因爲，回程中紗世哭了。一路上不管我怎麼好言安慰，她都哽咽著說「不好意思，倉井先生，這件事明明跟你沒關係，對不起」，雙肩不住顫抖。一個大男生在漆黑夜色中害女孩哭泣，街上行人紛紛射來冰冷的視線，我實在受不了，只好問她：「要不要去『金曜堂』平復一下心情？」

幸好店裡沒有客人，只是準備關店的槙乃、和久及栖川露出訝異的目光，來來回回掃過我和紗世。率先開口的，不出所料是和久。

「小少爺工讀生，你這混帳幹了什麼好事啊？」

「我、我沒有，那個——」

我深怕槙乃誤會，面向她正要解釋來龍去脈時，紗世主動開口：

「倉井先生沒有錯，是我自己要哭的。我明明不想哭，眼淚卻收不住，連自己都很意外。」

眾人望著她劇烈哭泣的身影，栖川默默拉出吧檯前的高腳椅，槙乃默契絕佳地扶著紗世的後背，帶她坐下來。我則被和久一把推到鄰座的高腳椅上。

徵詢仍在啜泣的紗世的同意後，我才開始敘述下午發生的事。我講得拉拉雜雜，十分冗長。這段期間，紗世終於停止哭泣。

「我是不是踩到音羽老師的地雷了？」

紗世攤開手掌，按在白襯衫胸前，彷彿在調整呼吸。

「抱歉。」出聲道歉的，是和久。他環視在場所有人，最後朝槙乃低下頭。

「這個小妹妹——東膳紗世，從夏季書展的書櫃上挑選《第六個小夜子》當讀書會的指定讀物時，我就在旁邊，卻沒阻止她。」

「不能挑那本書嗎？」

面對紗世的問題，和久搖頭。

「我以爲是個機會，因爲《第六個小夜子》是當年『星期五讀書會』在高三文化祭成果發表會上採用的書。」

「那本書是老師和你們的共同回憶嗎？既然如此，爲什麼會變成地雷呢？」

聽到紗世喃喃自語般的提問，和久緊閉雙眼，低聲沉吟。栖川代爲簡短回答：

「理由也是同一個，因爲《第六個小夜子》會讓他想起我們。」

紗世詫異地睜大雙眼，嚥了口口水。

「呃，你的意思是，在音羽老師的心中，『星期五讀書會』的回憶其實不太美好嗎？咦，你們不會是和音羽老師鬧翻了吧？」

紗世拋出的問題沒有獲得回答。栖川站在吧檯內側，將球型冰塊夾進玻璃杯，注滿汽水，端給我和紗世。微微的甘甜滋潤了喉嚨。我今天打工連站了好幾個小時，剛才又一直在走路，此刻終於感覺自己活了過來。

這時，方才一直闔著雙眼的和久忽然大喊「混帳！」，猛拍了下雙頰，眼睛浮現些微血絲。

「根本沒人鬧，是阿羽主動避開我們。明明都回來野原高中了，也不跟我們說一聲。幾年前『金曜堂』在野原車站開幕，南寄明信片通知他，但他從未露面。不曉得是不再搭電車去學校，還是根本沒再進過野原車站。即使現在的學生拚命拜託懇求，他也不願意當讀書同好會的指導老師，甚至把《第六個小夜子》視爲禁忌話題？喂，這算什麼？太奇怪了吧？這種不自然的狀態究竟要持續到什麼時候？」

「對阿羽來說，或許很自然。」

栖川沉穩地回應，一面往我和紗世瞬間變空的玻璃杯倒進汽水。和久像小朋友鬧脾氣，一個勁搖頭。

「那我們呢？以後也要像過去一樣，無奈地接受阿羽那種根本不自然的自然狀態嗎？現在可是有東膳紗世這個野原高中的學生，跑來『金曜堂』說希望重新組成『星期五讀書會』，還買下《第六個小夜子》的文庫本當第一本指定讀物。事情都發展成這樣了，我們要繼續跟阿羽保持距離嗎？」

「對我們來說，這倒是挺不自然。」

槙乃沉靜地回答，接著，又像認同自己說出來的話似地重重點頭。再抬起頭時，她露出與平常無異的笑容，轉眼間就緩和了現場的氣氛。

「東膳……嗯，可以叫妳『紗世』嗎？」

「啊，好。」

「那麼，紗世，妳剛才買的文庫本可以借我嗎？」

紗世從輕型背包中取出《第六個小夜子》，槇乃接過去，快速翻閱，沒多久便用手指夾住某一頁，再從墨綠色圍裙的口袋掏出一張便條紙貼上。

紗世看向便條紙貼的位置，念出正下方的那行文字。

「**『平常走在大街上，有沒有哪條路會讓你們覺得是跟大海相連的？』**」

「妳就帶著貼有這張便條紙的書，再去拜託音羽老師一次。」

「咦，萬一他又拒絕——」

見紗世一副快哭出來的神情，槇乃露出微笑。

「妳告訴他，這張便條紙是『星期五讀書會』的學長姊給他的邀請函，他一定會答應。」

「邀請函？」

紗世疑惑地側頭，和久與栖川互看一眼。槇乃的眼珠骨溜溜轉動，豎起大拇指。

「對。下星期五關店後，我想在『金曜堂』舉辦一場『星期五讀書會』復活前的小活動。」

「呃……那天已是暑假，我跟答應加入同好會的同學說第二學期才開始。」

「沒關係，這不過是一場預演，會前會。只要紗世、阿羽，和我們書店全體員工參加就好。」

槙乃神采奕奕。讀高中時，她想必也是如此生氣蓬勃地召開讀書會吧。無論槙乃的青春歲月多麼燦爛輝煌，我都參與不了。我極力壓抑心中的這份苦澀，朝紗世微微弓起的後背輕聲說：

「東膳，試試看吧。」

隔週的星期一，是野原高中第一學期的結業式。這項資訊是紗世告訴我的。她打電話來店裡說，結業式那天早上，她鼓起勇氣把邀請函交給音羽老師了。

——音羽老師說「先不談要不要擔任指導老師，我會去這場讀書會」。

紗世的聲音宛如摻了金粉的彩色彈力球般歡欣雀躍。

——全都要感謝《第六個小夜子》。那張便條紙發揮作用了，眞的就像魔法一樣。倉井先生，請替我向南店長轉達謝意。

腦海浮現出紗世表情千變萬化，小巧鼻翼興奮翕張的模樣，我不禁握著話筒微笑道：

「那我們也得努力在星期五前看完《第六個小夜子》了。」

聽到我的話，話筒另一端的紗世倒抽了一口氣。

——對耶，既然是讀書會，就得針對那本書的內容發表意見。

從未看過這次的指定讀物的人，只有我和紗世。儘管我不是「星期五讀書會」的成員，也不是野原高中校友，但既然店長讓我參加這場小型讀書會，我當然爽快地買下書，也開始看了。只是，我的閱讀深度足以應付讀書會嗎？我毫無自信。

「有點緊張呢。」我跟紗世相互打氣後，掛上電話。在我看來，紗世稚氣未脫，或許在她眼裡，我也同樣不可靠吧。幾次交談下來，她漸漸不用敬語，口吻也愈來愈放鬆。

我回過頭，門正好開了，槙乃抱著一堆書走進倉儲室。目光一對上，她便輕快地說了聲「眞不甘心」。由於實在太輕快，我霎時以爲自己聽錯了。

「『金曜堂獨家精選夏季書展』又是阿靖選的書熱賣。」

「《西瓜的香氣》嗎？」

「不是，這次是冰室冴子（註）的《海潮之聲》。」

「啊，那本我也看過。吉卜力工作室曾改編成動畫吧？」

「小說和動畫都是傑作。可是，我還是不甘心。」

槇乃把那堆書放上桌面，接著蹲下撥開散落在腳邊、分不清是垃圾或文件的成疊紙張，抓住地板上的把手往上拉，出現一個遠遠大於地下儲物空間的洞，這就是通往「金曜堂」地下書庫的入口。

「我要把這些書收起來，順便拿一些夏季書展的書籍庫存上來。」

「啊，那我去結帳櫃檯？」

「櫃檯交給阿靖了，你放心。」

「不然，我幫忙搬書下去。」

「謝謝，麻煩你了。」

萬歲！可以暫時獨占槇乃了！我暗自擺出勝利手勢，小心別露出傻笑，一邊從櫃中取出兩支異常巨大的手電筒，遞給槇乃一支。槇乃熟門熟路地輕巧鑽進地下，芭蕾平底鞋踩著樓梯發出的「噠噠噠」腳步聲迅速遠去，我用下巴抵住放在書堆上的手電筒，趕緊跟了上去。

註：一九五七～二〇〇八，日本作家，作品以少女小說為主。

勉強卡在下巴的手電筒沒辦法如我所願地照亮腳邊，我膽顫心驚地在一片漆黑中走下階梯。從位於車站天橋的書店潛進地底，我實在想不透究竟是何種機關。不過，儘管搞不懂，每次都還是能平安抵達，只是途中路線複雜好似迷宮。

話雖如此，打工快滿四個月時，我差不多也就摸透了。順著腳下地面不斷左拐右彎，來到更爲幽暗的一區，就是通往地下書庫的最後一道階梯。

我在伸手不見五指的黑暗中，小心翼翼地一步步走下階梯，先抵達的槇乃打開電源開關。嗡，一股聲波壓迫耳膜，地下書庫低矮天花板上的無數日光燈同時亮起，一個極爲狹長的空間頓時占據我的視野。「金曜堂」的地下書庫，原本是戰前就開始規畫的地下鐵月台，可惜這項計畫因戰爭而中止，最後化爲泡影，如今改造爲書庫。因此，隨處可見「野原車站」的老舊看板或鐵軌之類當年願景的痕跡。

槇乃從我手中抱走半堆書，吩咐我將剩下的書依作者姓名排好。我轉向月台上成排的鋁製厚重書櫃，立即開工。向車站租賃的店面那麼小，實在難以想像書庫的藏書竟如此豐富。「能找到想看的書」，這樣的網路傳聞不知源自何方，但環顧這些壯觀的書櫃，倒是頗能認同。

我把書一一放回書櫃的同時，大腦也忙著搜索話題。難得有兩人獨處說話的好機會，可不能浪費了。我揚聲向相隔兩排書櫃的槙乃搭話：

「剛才東膳打電話來，說音羽老師會來讀書會。」

「這樣啊，紗世一定很高興。太好了。」

她極為自然地應答。太自然了，沒有任何情緒波動，彷彿這件事不值一提。原來如此，到頭來，槙乃願意和我聊的話題僅限書本或工作。歸根結柢，我們不過是店長與工讀生的關係。我掩飾內心的失落，延續話題。

「讀書會上，每個人一定都要分享感想嗎？如果可以，我只想聽。」

「啊？」一道驚愕聲炸開，槙乃從書櫃底端探出頭。

「倉井，你看完《第六個小夜子》了嗎？」

「看到一半。一開頭許多敘述挺嚇人的，害我不是很想往下看，但心裡實在好奇，小夜子到底是何方神聖？結果又不知不覺一直翻下去——」

「這就對了。」槙乃的大眼睛骨溜溜轉動，豎起大拇指。

「咦？」

「你不是在分享感想了嗎？倉井，你不覺得堅持不說反而更難嗎？」

「但這只是一些端不上檯面的感想。」

「感想沒有分端不端得上檯面的。我不曉得其他讀書會的情況，但『星期五讀書會』最重視的是大家一起閱讀同一本書的日常，這也是最開心的地方。」

對吧？槙乃尋求我的贊同，那表情溫柔又可愛，輕而易舉地就把我剛才那種小家子氣的失落全吹跑了。我推推眼鏡，深深吸進一口空調淨化過的地下空氣。

「我明白了。我會趕緊看完，好好享受第一次的讀書會。」

語畢，我先打住話題，遲疑了片刻，才鼓起勇氣開口：

「對了，東膳很驚訝，她說那張便利貼簡直像魔法一樣效果絕佳。」

聽見我的話，槙乃的臉剎時隱沒在書櫃後。他們和音羽老師之間肯定發生過不少事吧？可能有些是不願提起的。過去已過去了。然而，過去也是槙乃的一部分。我鍥而不捨地追問：

「南店長，妳能不能告訴我魔法的祕密？」

一陣安靜。咻噠、嘶、咻噠，書庫裡只有槙乃一一將書小心放回架上的聲響。沒多久，可能是書全整理完，那些聲響也消失了。

「魔術才會有祕密，魔法沒有。」

她吟唱般說著，將及肩的頭髮往後撥，朝我所在的書櫃走近，故意裝出嚇人的神情。

「倉井，你的手停下來嘍。」

「啊，不好意思。抱歉。」

我慌忙轉回書櫃，背後響起一道聲音：

「高三文化季要辦《第六個小夜子》的成果發表會，我們從暑假就開始準備了。記不清是第幾次聚在一起開會時，一名成員打開教室的窗戶，在夏日蔚藍的天空下，隨口背出那句話：

『平常走在大街上，有沒有哪條路會讓你們覺得是跟大海相連的？』

又接著說『我懂這種感覺』。」

聽槙乃模仿那個人的語氣，我立刻明白是誰。所以，我沒回頭。我沒辦法回頭。此刻我想必露出出了嫉妒的醜陋表情了吧。我默不作聲地一一把書放回書櫃，槙乃的目光穿透我的後背，雲遊在遙遠的回憶中。

「至今我仍記得一清二楚，阿羽聽完就說：『我覺得往後的每一年夏天，我可能都會想起這間教室裡你們的臉、窗外的藍天，和你剛才這句話。』我想阿靖、栖川和阿羽自己也——」

「那名成員也是。」

我背對著槙乃低聲說。槙乃不置可否，只是輕輕呼出一口氣。

「他還說，野原町也有這種彷彿與大海相連的道路。」

──果然是「他」。

我用掌心撫過眼前成排的書背，試圖穩住情緒。

宛如閃亮青春的化身，將光亮照進槙乃，甚至是和久及栖川心中的那個人，我知道名字。

──「他」的名字，是「迅」對吧？

我沒有勇氣問出口，身旁的槙乃繼續道：

「他說，就是從野原高中下山時，通往野原車站的那條大路。」

「這樣啊。」

好不容易將最後一本書歸位後，我悄悄調勻呼吸，低頭看向一旁的槙乃。她的頭髮傳來花香，「迅」也聞過這股香氣嗎？「迅」觸摸過槙乃的頭髮嗎？我的腦袋好似要沸騰，聲音也分了岔。

「不用再找人來參加『星期五讀書會』嗎？」

槙乃睜著那雙大眼睛抬頭望向我，緩緩搖頭。

「不用。」

我不由得別開眼。我對自己的懦弱失望透頂。明明渴望瞭解槇乃的過往，卻又只想看見槇乃符合自身希望、討人喜愛的一面，這樣等於否定了活生生的槇乃。我一直想抹煞真實存在的她。這種心情根本算不上喜歡，只是一種癡心妄想罷了。

除了剛才工作流下的汗水，我察覺後背淌下了另一種冷汗，逃離似地走出地下書庫。

暑假的第一個星期五，天氣十分晴朗。因暑期社團活動到校的學生、像是要去奶奶家玩的小學生，以及提早請夏季休假的大人們，紛紛隨著電車進出站的時間造訪「金曜堂」。

我們書店店員努力像平常一樣親切接待客人，但大夥看起來都有幾分心不在焉，多半是惦記著今晚的讀書會。

臨時加班車早早發車，今天所有班次都結束後，眾人爭先恐後似地完成手邊的工作，往自動門掛上打烊的牌子。

隨後來到的紗世也加入讀書會的準備工作。

搬移茶點區的幾張桌子，在中央留一個空間，再從倉儲室搬出六張摺疊椅圍成一圈，在圓心擺張桌子。桌面上放著咖啡壺、裝有檸檬水的水壺和六個玻璃杯。

槙乃說著「我昨晚熬夜做的」，從倉儲室拿出一個黏著毛線、長相恐怖的人形紙箱，表示「這是小夜子」。所有人異口同聲地吐嘈「那不是小夜子，是貞子」，她才不甘不願地收回去。

吧檯裡的栖川正在做消夜，是夾了蛋和熱狗的圓麵包三明治。另一種夾了馬鈴薯沙拉的三明治早已完成，擺在鋪有餐巾的銀盤上。

「看起來好好吃。」

我和紗世受到食物引誘，不由自主地朝吧檯走去。栖川的藍眼睛凌厲一閃，毫不客氣地說「stay」。

「好過分，我們又不是狗，倉井先生，你說是吧？」

穿著便服的紗世揮動雙手尋求我的支持，比起上週，她明顯曬黑了。聽說這週從星期一開始，她每天都去上游泳加強班。

「這件鳳梨圖案的連身褲眞可愛，很適合妳。」

槇乃經過，對紗世燦爛一笑。紗世的臉頰頓時紅了。

「好高興，南店長稱讚我的衣服。」

「恭喜妳啊。」

我感慨應道。我也經歷過這種時期，只要受到槇乃稱讚就很高興，經常沉浸在單純的喜悅中。那是把槇乃擺在高處，從低處仰望她時才能體會的幸福。然而，沒辦法平等交談，眞的是我想要的幸福嗎？這週我一直困在這個煩惱中。

紗世似乎發現我扶著鏡框神遊去了，伸手在我面前揮揮。

「倉井先生，你怎麼了？不太有精神耶。」

「我本來就是這樣，沒事。不說這個，妳看完《第六個小夜子》了嗎？」

紗世的鼻翼翕張，一臉得意地從背包取出文庫本，上面貼著不少便條紙。

「我這輩子第一次如此認眞看一本書。原本以爲是恐怖故事，沒想到這正合我的胃口。」

「哇，這麼喜歡啊。」

「倉井先生，你呢？」

「我也看完了，但沒貼便條紙。」

「太棒了，我贏了。」

「什麼啦？我們有在比賽嗎？」

我忍不住要對一個高中生動氣時，茶點區那側的自動門開了，和久神色慌張地跑進來。

「阿羽來了。」

這句話讓我們——包含紗世——全都緊張地望向自動門。

沒多久，音羽老師走進來，發現所有人都直盯著自己，神情有些侷促不安，捲起皺巴巴白襯衫的袖口，舉起一隻手。

「嗨，是你們請站務人員放我進來的吧？謝啦。」

他悠緩的聲調，令所有人不自覺放鬆了緊繃的肩膀。音羽老師輪流看向和久及栖川，嘴角微揚。

「你們兩個都沒變。」

「啊？這樣說就不對了，我畢業後可是長高了三公分。只是栖川也長高了，差距沒縮短就是——」

「欸，我不是說身高，是氣質。」

音羽老師安撫和久後，目光慢慢轉向槙乃。

「至於南——」

「我也沒變喔。」

槙乃接過話，露出微笑。音羽老師從齒縫中呼出一口氣，只說了「這樣啊」，點點頭。

等栖川擺好圓麵包三明治，紗世端起銀盤放到正中間的桌上，回頭望向音羽老師。

「『星期五讀書會』的會前會，可以開始了嗎？」

「可以，開始吧。爲了今天，我也重看了一遍。」

音羽老師說著，從膝蓋破洞的卡其褲後袋抽出文庫本。封面印著我看慣了的水手服少女，只是不同於我和紗世的書，清楚留下歲月的痕跡。

音羽老師坐下後，我們也紛紛入座。紗世落坐後，又彈簧似地站起來，深深一鞠躬。

「各位，謝謝你們今天過來。『星期五讀書會』就要開始了，嗯，一開始誰要先來？」

「妳呀，東膳。」

音羽老師毫不遲疑地下指令，紗世驚愕地圓睜雙眼，「唔」了一聲，縮了縮肩膀。她小巧的雙手在空中慌張揮舞，不過當她的視線一一掃過我們時，似乎下定了決心。她從腳邊的背包取出文庫本，快速翻頁。

「嗯，首先——我印象最深刻的是，這本書雖然按照四季來分章節，但每個季節分配到的頁數差距頗大。」

紗世充滿自信地說完，發現我們全愣住了，立刻蹙眉問：

「咦，我說的話很奇怪嗎？」

「不會，滿有意思的，請繼續說。」

槙乃的大眼睛熠熠生輝，鼓勵她往下講。紗世放下心來，用力點頭。

「那個……春之章有八十一頁，夏之章是二十三頁，秋之章是六十六頁，冬之章則是一百一十八頁，最後又回到春之章，是十三頁。」

「喂，什麼情況？東膳紗世是理組的嗎？熱愛數學嗎？」

坐在我左邊的和久挨過來說悄悄話，我歪頭表示不清楚。

「春季是故事開端的季節，小夜子之謎也在此章裡愈來愈神祕，秋季舉辦的學園祭是我認為本書最恐怖的段落，至於一步步試圖解謎的冬季，則是故事軸心小夜子傳說的關鍵，才會需要用這麼多頁數來描述吧。」

紗世一口氣說到這裡，拋出了一個轉折詞「可是」後，烏黑瞳眸環顧我們每一個人。

「看完整本書，浮現腦海的卻是夏季的畫面。只用二十三頁描寫的夏之章，津村沙世子他們彷彿沒有一絲陰霾──借用書中的話就是『**太美妙了**』──的青春時光，深深烙印在我的心上。」

半晌，誰都沒開口。但那股沉默不同於紗世剛開始分享時，大家滿腹疑惑想著「喂喂！妳到底要跑題去哪裡？」的氛圍，而是各自在心中咀嚼紗世的感想，才空出來的一段時間。

「我會這樣說，是因爲我一直很嚮往完美的青春。不覺得書中描寫夏季的青春點滴的部分，特別充滿生命力嗎？」

我不由自主地往椅背靠坐。此刻躍入腦海的是，不久前槙乃才提過的，「星期五讀書會」成員和音羽老師在夏季某日的回憶。教室窗外蔚藍的天空，潔白積雨雲矗立空中的景象，在想像中都如此鮮明。我悄悄環顧在場所有人。我不過是依文字敘述想像，腦海就浮現栩栩如生的畫面，眞實擁有那一段記憶的他們，不可能不憶起那一天的情況。不出所料，眾人的目光都顯得十分悠遠。

紗世的聲音恍若在夢中朦朧迴盪著。

「我曾有一個雙胞胎姊妹，只是在我媽懷孕初期就被子宮吸收了。我從未見過她，也不曾和她說話。」

「雙胞胎消失症候群？」

聽見槙乃的疑問，紗世點點頭：「沒錯，不愧是南店長，眞是博學。」

「原本應該存在的另一半，從出生時就不在了，不曉得是不是這個緣故，我一直感到內心有個缺口。尤其是上高中後，每天都覺得『生活不該是這樣，應該充滿更多〔**太美妙了**〕的感受才對』，總是莫名浮躁。」

我想起紗世反覆提及對於「這就是青春」的想像，不禁深切反省，不該斷定那只是無憂無慮的小女生的幼稚發言。

「在這本書裡，名叫津村沙世子的少女以『**外來客**』的身分出現，帶來『**太美妙了**』的回憶。以此類推，我的『**外來客**』——」

紗世刻意停頓一下，依序望向槙乃、和久及栖川。

「就是十幾年前，在我現下每天生活的學校裡，和我一樣上課、吃便當的『星期五讀書會』的各位。」

紗世不帶一絲雜質的清澄嗓音，如鐘聲般響徹整個空間。

「妳說的『**外來客**』是那個嗎？書中提到的『**變身後的訪客**』？」

和久問。我急忙翻動書頁，重讀相關的段落。

「外來客」是故事裡一名高中男生和父親聊天時出現的詞語。民間故事中經常出現超自然的事物，在《第六個小夜子》裡則以「**神仙化為旅人**」來表現。

不知從哪裡來的人物闖進村莊或家庭等大小群體中，爲原本平靜無波的水面激起陣陣漣漪。

在書中，男學生問父親：

「呃，那『外來客』到底是為何而來？」

「你說呢？這是個永遠的謎。或許，她是來試驗你們的。」

「**來試驗你們的**」這句話，重重擊中我的心臟。

紗世似乎漸入佳境，興高采烈地繼續說：

「你們透過畢業紀念冊這樣的形式出現在我的眼前，讓我看見自己一直憧憬的、足以稱爲『這就是青春』的樣貌。」

音羽老師靠向折疊椅的後背，向前伸展雙腿。

「東膳，妳念一下。」

「咦？」

「念一下這本書裡妳最喜歡的段落。」

「好。」紗世慎重翻開書，用比平常稍高的聲調，讀出貼著便條紙的那一頁文字。

「『**像這樣四人聚在一起的美好時光已所剩無幾，這點他心裡很清楚。就算上大學後重聚，也很難再有如此契合的感覺了吧。大概再也感受不到這種四人各安其所、各守其分的滿足感了。**』」

紗世陶醉地說著「太完美了」，闔上文庫本，按在胸口。

然而，栖川及和久卻露出困擾的表情，互望一眼。槙乃雙手交握，放在膝上，從頭到尾都盯著地板。

音羽老師緩緩從椅背挺起上半身，他打手勢要紗世繼續坐著，自己站了起來。

「我也曾親眼見證這種『**太美妙了**』的片刻。以旁觀者的身分，近距離欣賞如畫般美好的青春，是教師的特權。」

「老師，你是指『星期五讀書會』的學長姊嗎？」

紗世從旁插嘴，音羽老師輕輕點頭。

「對。他們其中一人看完《第六個小夜子》後，說從野原高中下山通往車站的那條路，也有種與大海相連的感覺。不過，每當看著他們聚在教室裡閒聊、笑鬧，我就會感到那間教室的窗外彷彿就是一片大海。」

槇乃驀地抬起頭。和久與栖川也定定注視著音羽老師。音羽老師沒望向任何人，打開自己的文庫本。

「我一直滿足於旁觀者的身分，也喜歡扮演這樣的角色。自學生時代以來，我就不愛登上舞台，所以不曾有『**看到清澈的水會忍不住把手伸進去**』的經驗。」

音羽老師流暢地引用書中的文字。閱讀過程中，我就覺得這個譬喻清楚呈現出登場人物的真實心境，所以記得很清楚。紗世應該也一樣吧？她沒出聲，用嘴型問我「在第幾頁？」。

我將目光投向文庫本，翻找那一頁時，書頁上忽然落下一個影子。旁邊的槇乃站起來了。

「可是，阿羽，你就是進入了我們的水流裡。」

槇乃凝視音羽老師，神色平靜地說道。語氣就像在跟和久或栖川交談時一樣放鬆。先不論是否合乎禮儀，能用這種平等的態度和老師說話，代表槇乃過去和音羽老師很親近吧？

「阿羽，你大學時代的那些故事，讓當時還是高中生的我們心生嚮往。那是距離自己只有一步之遙的世界。不過，同時又是極爲遙遠的世界。揹起背包就環遊世界的種種經歷，各國孩子們身處的艱苦環境，跳脫國家這個框架後第一次重新認識自我——這些全都顚覆了我們的思想。尤其是他，還因此決定了未來的方向。」

我抬頭望著槙乃下巴到臉頰的優美線條，苦苦思索要怎麼問出口時，紗世的話聲響起：

「妳說的『他』，難道就是沒在店裡的那位成員嗎？」

「對……」

「這就是『他』沒和你們一起工作的緣故？受到音羽老師的影響，去環遊世界了？」

槙乃面露微笑，和久與栖川垂下頭。音羽老師彷彿結了冰，動也不動。

轉瞬之間，「金曜堂」的氣氛變得像《第六個小夜子》中學園祭第一天那般緊繃。那股強烈的壓迫感，甚至讓原本只是隨口一問的紗世也安靜下來。情況不太妙吧？我在內心暗忖。因爲槙乃仍帶著微笑的臉上，雙眼逐漸泛紅。

不安的預感來不及成形，槙乃就開口了。

「他不在這裡。不在這世界的任何一個地方。不管我去哪裡，都找不到他了。就算我等再久，他也不會回來了。」

「咦，這個意思，簡直像他──」

紗世的輕聲疑問戛然而止，和久喊道：

「別說了，南，不用勉強。」

「我沒有勉強。我一直想找機會跟阿羽好好談一談五十貝的事。」

──五十貝？

好像在哪裡聽過？我還在搜索記憶時，紗世望著音羽老師大叫起來：

「五十貝家之墓！」

栖川那雙藍眼直視紗世，但紗世沒注意到他的目光，逕自往下說：

「音羽老師，你去野原靈園掃墓時，墓碑上就刻著這幾個字，對吧？」

「阿羽，你現在還會去迅的墓地？」

和久的聲音都分岔了，抬頭望向杵在原地的音羽老師。

──五十貝迅。

我得知了迅的全名，同時也明白，他已不在人世。

「休息一下吧。」

栖川悅耳的聲音響起，卻是不容拒絕的語氣。就像在拳擊手受到重擊時丟毛巾到場內的助手一樣，判斷和時機都很精準。

栖川走向中央的桌子，直接幫所有人分裝圓麵包三明治到小碟子上，接著才詢問大家想喝什麼飲料。我和紗世選了檸檬水，其他人則要咖啡。現場只有六個人，吧檯其實也坐得下，但大家仍坐回圍成一圈的摺疊椅。

因爲「星期五讀書會」尚未結束。

紗世一臉不安地環顧眾人，才雙手捧著麵包咬下去。她的表情頓時明亮了起來。

「好吃。」

音羽老師沒看向隔壁的栖川，自言自語般說：

「栖川以前帶來學校的便當也都看起來很美味，聽說是你自己做的我嚇了一大跳。」

「我有時候還要幫迅做。」

栖川提起迅的名字，音羽老師淺淺一笑。

「只要是五十貝的要求，大家都拒絕不了。」

聽見這句話，我心中迅的形象益發膨脹。

不著邊際的閒聊持續了一會，大家盤裡的三明治都吃完了。拿著飲料暫歇時，和久突然問：

「阿羽，那時候他也去求你了嗎？」

「那時候——」

音羽老師說到一半，凝望著咖啡杯，似乎在搜尋合適的話語。槙乃也同樣盯著咖啡杯，開口：

「高中畢業後，五十貝說『想親眼見識這個世界』時，我們全都反對。」

「只有這件事，不管他再怎麼死纏爛打地哀求『支持我一下嘛』，我們也堅決說『不，你放棄吧』。」

和久接著補充道。槙乃將大波浪長髮往後撥，直視著音羽老師。音羽老師雙眉下垂。

「他……根本用不著求我，因爲我一聽就大力贊成。五十貝煩惱地說『可是大家都反對』時，我鼓勵他『試試看呀』，推了他一把。當時，我只是單純把自己的想法告訴他，誰知道——」

「迅很崇拜你，一直想和你一樣親眼瞧瞧這個世界。阿羽，只要你贊成，就算全世界都反對，他也會去。他就是那樣的人。」

栖川站起身，一面收拾小碟子一面說。音羽老師臉色發白，垂下頭。

「後來我自問無數次，是不是不該輕率地鼓勵他。可是……」

音羽老師將咖啡杯放在地板上，雙手掩面，悶悶地說：

「我當時認爲，五十貝一定辦得到。我由衷這麼相信。」

「阿羽……」

槙乃的呼喚聲，被音羽老師加快的語速蓋了過去。

「我一直認爲自己只是旁觀者，一直秉持著這樣的立場。但從結果來看，我就是把手伸進清澈的水流裡了，把你們『太美妙了』的關係導向最殘酷的結局。我眞的……很抱歉。」

音羽老師吐露的眞心話，以道歉作結。槙乃又喚了一聲「阿羽」。那溫柔的嗓音，終於令音羽老師從掌中抬起臉來。

「阿羽，不是的。」

「咦？」

「五十貝寄給我的最後一封電子郵件裡，提起《第六個小夜子》。信裡談到他的高中回憶，以及小說有多精彩，還寫著：

如果『星期五讀書會』就是我的青春，那麼，南，是因爲有妳、和久、栖川和阿羽在身邊，我人生的春季才能染上美麗的青色。原來那就是『**太美妙了**』的感覺。身處遙遠異地，我才終於明白。等我回國後，第一件事就是要去找你們。」

槇乃流暢地背誦出迅寫的電子郵件片段，想必反覆閱讀了無數次。語畢，她柔柔一笑。不知何時，那張笑臉上的霧氣已消散。

「先有老師，學生跟著聚集，最後才成爲學校。『星期五讀書會』也一樣，如果沒有指導老師就辦不起來。如果沒有那個空間，我們就不會相遇。阿羽，你從一開始就不是旁觀者，是我們——最完美的夥伴。所以，你不要一個人背負罪惡感，就算萬分歉疚，就算想起五十貝很痛苦，也不要逃避我們。我希望我們可以一起分擔悲傷，一起面對過去，一起深深記住，五十貝曾眞眞切切地活在這個世界上。如果想去掃墓，以後我們一起去。」

槇乃說完，深深吸了一口氣，又深深吐出來，雙手按住胸口，臉上綻放燦爛笑靨。

「啊——終於說出來了。我一直想和你說這些話。阿羽，都怪你一直躲起來啦。」

「『金曜堂』開幕時寄的明信片也石沉大海。」

和久憤憤瞪去一眼，栖川也交抱雙臂點點頭。

音羽老師搔了搔頭，把一頭亂髮攪得更爲凌亂，發出微弱氣音彷彿要笑出來，雙肩卻忽然顫抖，說不出話。

音羽老師低下頭，肩膀不停顫動，紗世遞出印有一個草莓圖案的小毛巾。老師接過毛巾後，紗世忽然豁出去似地站起來，高聲宣布：

「本次『星期五讀書會』到此結束。各位，沒問題吧？」

我一直呆坐在折疊椅上旁觀情況演變，紗世的目光一對上我，就朝我勾勾食指。

「所以，倉井先生，我們回去吧。」

「咦？不過……」

「收拾工作就交給各位學長姊，還有音羽老師了。」

可以吧？紗世朝槇乃等人一笑。那張側臉顯得十分成熟，先前的稚嫩不曉得跑哪裡去了。看了好幾本夏季書展上的小說，我學到一件事：

——只要短短一個夏季，少女就能蛻變為大人。

❀

夜燈照亮道路，我和紗世並肩走向車站前的圓環公車站。紗世說平常都是騎電動腳踏車上學，今天考慮到讀書會結束後時間就很晚了，才搭公車過來。即使是最後一班電車提早結束的星期五，公車依然行駛到深夜。

一走到圓環上如孤島般受柏油路環繞的公車站，紗世拿起手機查詢公車時刻表，臉龐頓時發亮：「太幸運了，再八分鐘公車就來了。」

「妳覺得如何？『星期五讀書會』有機會辦下去嗎？」

聽見我的問題，紗世鼓起雙頰回答：

「當然。依今天的發展來看，音羽老師應該會願意當指導老師。倒不如說，非辦下去不可。畢竟我都親眼見證老師和學生之間那麼深刻的羈絆了。」

「羈絆嗎？」

「是青春啊。那就是我一直在追尋的青春。」

紗世握拳，堅定地說道。我瞄了眼身旁熱血沸騰的紗世，捏起鏡腳仰望夜空。夏季的星星緩緩閃爍著，更是鮮明地烙印在眼底。

「對我來說，那太耀眼了，總覺得沒辦法加入其中。」

「倉井先生，你想加入他們嗎？」

紗世直率的問題刺中我的心。

「啊，沒啦，那根本不可能吧。」

我搔搔頭，紗世仰著小臉望向我，突然「啊」地大叫，取下背包。

「這個——是我特別為今天準備的，完全忘記拿出來了。」

出現在眼前的是畢業紀念冊。紗世吐舌招認，是從圖書館偷偷帶出來的。

我的目光停在畢業紀念冊的封面上，紗世問：「你想看嗎？」我掙扎了整整一分鐘才點頭。

紗世翻開社團活動的頁面遞給我。我抱著沉甸甸的畢業紀念冊，走到有路燈照亮的區域，壓著眼鏡鼻橋看了起來。

「讀書同好會」這簡潔的標題上方，有許多照片。

學生們都穿著夏季制服。瞪著鏡頭的人，是和久。那張稚氣未脫的面龐，怎麼看都是一個不良少年——當然，這種感想絕對不能在本人面前說。當時他還不是金髮，也不是小平頭，不過特地剃出線條的和尚頭，也很像他的作風。神情自若地站在和久身後的，是栖川。不論髮型或面容都與現在幾乎無異，看來個人特質在高中就已發展完全，而身上的制服黑長褲及短袖開襟衫，讓高中時的他已流露出酒保氣質。栖川身旁的槙乃，抱著一堆書，甜甜微笑著。筆直秀髮較現在長，跟和久一樣面龐透著稚嫩，那張笑臉完全就是個少女。

音羽老師帶著笑意，站得離學生稍遠，皮膚比現在有光澤。

「在我的畢業紀念冊上，讓音羽老師露出和這張照片一樣的笑臉，就是我現在的目標，也是我的夢想。」紗世輕聲說道。

「讓夢想實現吧。一定要。」

我懇切地鼓勵她，才將目光落在方才刻意忽略的最後一人身上。

五十貝迅。阿迅。我終於知道他長什麼模樣了。他太有自己的風格，以至於外觀是否如同我的想像根本就不重要了。照片上的迅雖然是高中生，但想必無論五歲、十一歲或二十歲時，他都常這樣咧嘴大笑吧。他給人的印象就是如此，健康又開朗，絲毫看不出上幼稚園前到小學六年級爲止，長年住在醫院裡。儘管五官不如栖川帥氣，卻是一張必然深受眾人喜愛的臉。

此刻我終於明白，紗世爲什麼看見這張照片，便認定「這就是青春」，體會到「**太美妙了**」的感受。把大家凝聚在一起的，無疑就是迅。證據在於，即使其他成員和指導老師分別面朝不同方向，每個人的腳尖都對著他。

「我實在難以置信，他已不在這個世界上。」

我喃喃自語。紗世似乎也有同感，點點頭：

「眞的。該怎麼說——『英年早逝』一詞，感覺根本與他無緣。那張臉讓人覺得，厄運遇上他都要繞道而行。他就該深受朋友和老師信賴，爲戀人或太太所愛，子孫滿堂，生活中充滿歡笑，最後在許多人的陪伴及不捨下壽終正寢的類型。」

然而，接下來紗世的隨口一句話卻令我愣在原地。

「不過，或許正是這些特質，把五十貝變成了『**外來者**』。」

「妳的意思是，南店長他們被他試驗了嗎？」

「正確來說，目前也一樣吧？這是現在進行式。我有種感覺，五十貝，或者該說是五十貝的死，試驗了音羽老師、『金曜堂』的大家，甚至是我。只是，這種話我剛才在書店裡不敢講。」

「試驗我們什麼呢？」

紗世抬頭望著我的那雙瞳眸，閃耀著宛如湖面月影般的皎潔亮光。

「有沒有好好活著？」

我的內心震撼無比。

我默不作聲，身旁的紗世喊著「啊，來了」，輕盈地躍起。公車徐徐繞過圓環，朝我們駛來。

我在燈光下不停改變角度，觀察著畢業紀念冊上迅的臉龐。然而，他的輪廓卻愈來愈模糊。

我放棄了，闔上畢業紀念冊，繞到紗世背後，把紀念冊塞回拉鍊敞開的背包裡。

「你看完了嗎？」

「看完了。」

我點點頭，舉起手說「路上小心」，極力維持平常的模樣。

我拚命穩住陷入混亂的內心，看著紗世踏上公車的階梯，出示學生證，再對著機器刷儲值卡。

忽然有種感覺——明明兩人完全不像——此刻目送的人是身穿夏季制服的槙乃，還是高中生的槙乃？我不禁伸手揉了好幾次眼睛。

不知何處傳來失眠的蟬短促的鳴叫聲。令生者及亡者的影子都更加濃重的夏天，餘韻日漸加深。

第2章

麵包店克尼特

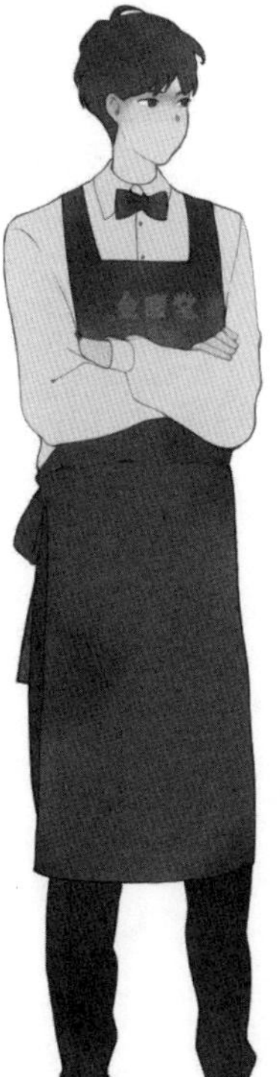

時序進入八月，連日都是超過攝氏三十度的高溫。

我在野原車站下了電車，像要躲開白晃晃令人幾乎睜不開眼的盛夏陽光，朝通往天橋的樓梯走去。

「早安。」

身體差點擦過正在開啓的自動門，我衝進車站書店「金曜堂」。冷氣房冰涼的空氣及一股甜香頓時包覆全身。

——這是和菓子的香味。

日式或西式甜點都能接受的我，目光轉向占店裡一半面積的茶點區吧檯。不，正確來說，是我的目光正要轉過去時，冷不防從下面冒出一顆金髮小平頭，刺刺的髮尾遮住了我的視線。

「你一個工讀生，怎麼可以高高在上地俯視老闆啊？」

站在我的面前，凹陷雙眼睜得老大，瞪向我的人，正是和久。

「抱歉，因爲身高的關係，我也不是故意——」

「少囉嗦。只要對方比自己矮十公分，就可以狗眼看人低嗎？」

「請等一下，雖然低頭看你，但我沒有狗眼看人低。」

我努力解釋，推推眼鏡。仔細一瞧，和久不僅雙眼圓滾滾的，還有一張娃娃臉，只是他老愛給人白眼，才會看起來很恐怖。

今天也一樣，和久帶著嚇人的神情，不停找我麻煩。

「現在是八月，你怎麼仍是一副氣定神閒的模樣，不熱嗎？」

「很熱啊，只是我天生就不太會流汗。」

「哼，新陳代謝差，下次帶你去洗三溫暖。」

「咦，在這麼熱的天氣裡？」

「少廢話，小少爺工讀生。」

我縮縮脖子，瞄向吧檯。

吧檯裡，栖川正從烤箱裡取出烤盤，那就是甜香的來源，剛烤好的不知名物體。栖川俐落地將另一個烤盤放進烤箱，上頭排滿形狀如倒放湯匙的麵團。栖川那張由正統日本人五官組成的清秀臉龐上，格外醒目的藍眼睛瞇了起來，目光專注。那副模樣看起來就像甜點師傅或擅長做甜點的酒保，但他是貨眞價實的書店店員。

我不禁暗自嘀咕。若眞要說，在酷暑中白襯衫仍扣到最上面一顆釦子，還整整齊齊繫上領結的栖川，才該稱爲「氣定神閒」的最佳代表吧。儘管在烤箱前忙碌，臉上卻一滴汗也沒有。

我將視線拉回和久身上，問道：

「栖川在做什麼？」

「應該是那個吧，記得叫——」

「Lusikkaleipä？」

陌生的發音鑽進耳裡，我回過頭。

槇乃抱著一堆雜誌，站在倉儲室門前微笑。

「倉井，早安。」

「早、早安，南店長。」

「Lusikkaleipä？直譯成中文應該是——湯匙麵包吧？聽說是芬蘭在歡慶喜事時會吃的點心。」

「啊？芬蘭——」

我不知道該接什麼話，槇乃朝我走近，將懷中的雜誌遞過來。

最上面那本雜誌的封面印著《芬蘭特輯》這幾個粉紅色大字。

槇乃那雙大眼睛注視著我，卷翹的睫毛輕盈眨動著。

「倉井果然不曉得。」

「他畢竟是從東京來的。」

和久從旁插話，槙乃沒理睬他，親切向我說明。野原町和芬蘭一個忘記名字的小鎮是姊妹市。她說了那個小鎮的名字，只是光聽一次我記不住。

「然後，野原町硬要跟風，在八月第二個週末舉辦白夜祭。」

「阿靖，『硬要跟風』這個措辭不太對吧。」

「哪裡不對？實際上，日本就沒有白夜啊。」

「你這樣說也是沒錯。」

槙乃正要噘起嘴，察覺我的視線，露齒一笑。

「所以，明天星期五傍晚到星期六晚上，野原町會舉辦白夜祭，會有很多攤商，會放煙火，還會舉辦盆舞等純正日本風味的活動。畢竟主打白夜，一整晚住家和商店都會亮著燈，野原町到處都會掛上燈籠，活動會一直持續到隔天早上。『金曜堂』往年也都二十四小時營業，舉辦芬蘭相關書籍的小型書展。」

「啊，所以我在填八月班表時，妳才會問我明天能不能晚上工作嗎？」

「沒錯。」

槙乃雙眼圓睜，豎起大拇指。和久則咯咯笑道。

「硬要跟風白夜祭，就是熱賣的好時機，你給我賣力工作。」

「我會努力。」

我指著吧檯問和久「那個點心也是白夜祭要用的？」，回答的人卻是槙乃。

「對，之後會一個個包裝好。在白夜祭上購買『金曜堂獨家精選夏季書展』或芬蘭相關書籍的顧客，結帳時會送他們一個。」

我望著繪畫及色彩運用風格異於常人的槙乃，膽顫心驚地問：

「誰來包裝？」

「我包。沒問題。」

栖川優美的嗓音從吧檯傳來。我暗暗鬆一口氣，不曉得槙乃是否注意到我的反應，她再次睜圓雙眼，豎起大拇指。

晚間七點過後，我寫完退貨單，離開倉儲室。

「金曜堂」採手寫申請退貨的流程，我已差不多習慣了。只是沒賣完預計數量的書時，內心總會萌生罪惡感，實在是累人的工作。同樣是預計數量失準，每當庫存不足要加訂書籍時，嘴上叨念著「眞傷腦筋」，我的內心卻充滿幹勁，兩者感受眞是天壤之別。

「要去送貨嗎？」

看到槇乃和栖川在吧檯將書籍和雜誌一一裝進大籃子，我開口問。

「栖川請『克尼特』分我們一些手工果醬，老闆拜託我們順便帶過去。」

「克尼特」是一家麵包店，位在野原車站的站前圓環對面，由一對年輕夫妻經營，大受當地居民歡迎。我們書店的店員也常去買麵包，久而久之便和老闆夫妻熟稔起來。他們每天從早忙到晚，根本沒空踏出店門一步，於是請我們去買麵包時順便把訂購的書籍送過去。

「『克尼特』居然會訂購女性時尚雜誌？眞是難得。」

我的目光掃過籃裡那些書，隨口一說。

老闆夫妻沒有小孩，不知是爲了來店裡的那些小客人，還是配合整間店如同童話故事般的可愛氛圍，書櫃裡擺的雜誌或書籍幾乎都是小朋友也能看懂的，因此我才會感到意外。

「大概是老闆娘想看。」

坐在吧檯高腳椅，於橘色燈罩的柔和亮光下閱讀文庫本的和久，單手托腮接話，又隨即以白眼瞪我說：

「比起這個，倉井，要是處理完退貨，就替栖川送書過去，拿果醬回來。」

「咦？」

「小少爺工讀生，你的工作誰都能做，但『金曜堂』的茶點區不能沒有栖川。」

見我點頭應和「也是」，和久望向槇乃。

「對了，南，妳可以先下班了。妳今天不是有事？」

「眞的？可以嗎？」

「嗯。暑假的這個時間帶，我和栖川兩個人就應付得來。」

「謝啦。」

槇乃臉上綻放出大大的笑容，轉頭向我說：

「那麼，倉井，我陪你走一段吧。」

她沒等我回答就拋下一句「我去收東西馬上回來」，解開墨綠色圍裙的帶子，朝倉儲室快步走去。

「南店長難得會早退，什麼事啊？」

「誰曉得。你想知道就自己問她。」

面對我的問題，和久冷淡搖頭。我垂下頭，他嘖了一聲。

和久凹陷的雙眸中，閃爍著宛如細心打磨的刀刃般銳利的光芒。我最近都盡量避免和槇乃交談，這件事多半早被他看穿了吧。

如今，我已得知喜歡的人心裡住著另一人，那個人還因爲「死亡」成了我再努力也永遠無法觸及的存在。我也明白，今後想必得時常面對這件事實。只是，我尚未堅強到在這種情況下，依然能和她如常相處。

我求救似地眼神游移，一個裝滿書本的籃子忽然遞來。是栖川。

「啊，謝謝。」

我單手接過，沒想到籃子重到我整個人一晃，我趕緊用雙手抱好。

「讓你久等了。」槇乃快活的聲音從背後傳來。

向最側邊服務窗口裡的站務員點頭致意，我們穿過驗票閘門，朝圓環走去。儘管太陽已下山，柏油路冒出的熱氣仍裹住全身。

「要不要我幫你拿一半？」

槇乃朝籃子伸出手。她身上那件T恤袖子下襬是薄透材質，輕飄飄地搖曳著，我反射性閃開，慌忙解釋：

「沒關係。一點都不重，眞的。」

「這樣啊。」

槙乃順從地收回手。我直盯著那隻小手，問不出口的那句話在腦海迴盪。

——妳待會有什麼事？

如果是幾週前，兩人單獨相處的時光肯定會令我高興得跳起來，此刻卻是滿心苦澀與尷尬。我們根本沒能好好聊上幾句，就穿過圓環，來到「克尼特」店門前。

「倉井，我先走嘍，書就麻煩你了。替我向早生夫妻問好。」

槙乃低頭致意，一頭大波浪鬈髮晃動著。因爲不用再和槙乃獨處，我鬆了一口氣，快速行禮，大聲說：

「好，路上小心。」

當我直起身子，眼睛最先捕捉到的影像是，槙乃微笑中似乎透著幾分落寞的臉龐。「啊……」當我醒悟時已太遲。槙乃拋下一句「掰掰」就走了。無以名狀的苦澀在胸口漾開，我目送槙乃的背影遠去，直到消失在黑夜中。

槙乃一次也沒回頭。

「克尼特」小小一家店，卻十分引人注目。無論是漆成鮮紅色的木門，法國長麵包形狀的看板，上頭手寫的店名「克尼特」，或是漆黑鐵框的窗戶，在在都透露出老闆的堅持與品味，令人不禁猜想「打造出這麼有格調的店，老闆做的麵包想必很好吃」。實際上也眞的十分美味，很厲害。

我避開紅色木門上掛的「Closed」牌子，敲敲門。

門應聲開啓，頭上綁著與木門同色方巾當作三角巾的老闆娘探出頭，微微下垂的眼尾旁那顆淚痣，爲她增添了幾分溫柔的氣質。

「哦，是『金曜堂』的工讀生。不好意思，讓你特地跑一趟。」

老闆娘的目光迅速掃過我墨綠色圍裙上掛的名牌，低頭行禮：「倉井先生，謝謝你。」

我也想知道老闆娘的名字，可惜她炭灰色的圍裙上沒掛名牌。

平常我們都互稱「金曜堂的工讀生」、「克尼特老闆娘」，現在忽然要交談才發現不曉得對方的名字，我頓時慌張起來。幸好我及時想起槙乃剛剛提過的「早生」這個姓氏，立刻派上用場。

「這是早生先生訂的書籍和雜誌。」

「這樣啊？不好意思，我老公剛好去買東西了——我確認一下可以嗎？」

「當然。」

我點點頭，踏進「克尼特」店內，把籃子放在地板上。

營業時段擺滿架上的麵包都已收拾好，不過餘香猶在。

全新書本有股好聞的氣味，但麵包剛出爐的香氣又更勝一層，不僅使人肚子咕嚕咕嚕響，也散發出一股濃濃的幸福感。

我忍不住深吸一口氣，老闆娘呵呵笑著，在籃子旁蹲下。

「繪本月刊《小朋友的朋友》和《MOE》、《妹妹們來開會》（註一）、《大象的鈕釦》（註二）、《好喜歡你。》（註三）。啊，還有《烏鴉麵包店》（註四）。」

老闆娘愉快驚呼，高高舉起一本可愛的繪本，封面上畫著麵包和兩隻頭戴廚師帽的烏鴉。

「《烏鴉麵包店》？感覺是很適合『克尼特』的一本書。」

「對呀，我們的客人似乎也這麼認爲，常挑這一本翻閱，書頁都脫落了。這是第二本。」

老闆娘露出幸福的笑容。然而，當她發現壓在最下面那本女性時尚雜誌時，笑靨霎時凍結。

「這也是我們訂的嗎？」

「應該是——啊，說不定是老闆買來當野原町白夜祭的參考資料。」

老闆娘不置可否，疑惑地拿起那本雜誌，翻開印著粉紅色字體「芬蘭特輯」的封面。她一頁頁地翻，目光掃過文字及照片，忽然雙眼睜大，啪地一聲闔上雜誌，放到窗邊的櫃檯。

「對了，我老公說過明天和後天要烤白夜祭用的芬蘭麵包，一定是買來參考的。」

正好這時紅色木門打開，老闆抱著一個紙袋走進來。他的體格壯碩，就像用肌肉發達的肩膀及上臂穩穩抱住球的橄欖球員。一發現我，他便大聲致歉：「『金曜堂』的工讀

註一：石黑亞矢子的繪本作品，描述對姊姊心懷不滿的妹妹們聚集起來討論對抗方案的故事。
註二：上野紀子的繪本作品，全書沒有文字，僅透過圖片呈現。解開大象肚子上的四顆鈕釦後，會依序跑出其他動物，最後有意外展開。
註三：André Dahan的繪本作品，畫風溫暖細膩，書中透過最直率的話語表達出對親友和戀人的情感。
註四：加古里子的繪本作品，描述讓森林飄香的麵包店的故事。

生，抱歉讓你等我。」

他從紙袋取出幾個瓶子排在櫃檯上，繼續說：

「栖川要的藍莓果醬，我馬上去裝瓶，請再稍等一下。」

我點頭應了聲「好」，老闆的目光掃過籃子，伸手摸了摸冒出薄薄鬍碴的下巴。

「你順便幫忙送書來嗎？真不好意思。」

「不會，小事一樁。」

我笑著回答，猶豫著是否該詢問那本女性時尚雜誌的事。

我不經意瞥向櫃檯上那本雜誌，卻對上老闆娘的目光。她臥蠶下那顆淚痣在晃動嗎？

我暗暗想著，突然響起問話聲：

「『金曜堂』的工讀生，你叫什麼名字？」

「我姓倉井。倉井史彌。」

「噢，我是早生知晶，我老公名叫邦登，請多指教。」

我並未納悶於「她不是才剛看過我的名牌？」，反倒猜測老闆娘，不，知晶，是想藉此制止我輕率發問。

——別提比較好。

我得出這個結論。

很顯然地，這世界到處都是不該隨意觸碰的禁忌。

「克尼特」老闆邦登親手熬煮的藍莓果醬，當晚就被等了一天的栖川全部用光。

他表示，那個湯匙形狀的芬蘭點心，要拿兩塊夾住果醬再吃。

「今晚要把藍莓果醬全夾完。」

栖川簡潔宣告，我與和久只好認命幫忙。

起初，我只是出於一種義務感才來幫忙。但從堆積如山的點心中取出一塊，仔細塗上果醬，再夾起來，不斷重複這項作業後，思緒漸漸沉澱，倒是滿愉快的。

尤其是掛心和槙乃送去「克尼特」的那本女性時尚雜誌，我一直心浮氣躁，此刻便更加專注在眼前的每一個動作，甚至罕見地獲得和久的嘉許。

點心完成後，栖川逐一以透明玻璃紙細心包好，用貼紙和緞帶裝飾，質感滿分，確實是精美的小禮物。

「白夜祭開始後，這些擺在結帳櫃檯旁就可以了吧？」

「客人應該會很高興。」

我雀躍地說完，一塊點心從旁遞來。

「試吃。」

「可以嗎？謝謝。」

「喂，栖川，我沒有嗎？試吃？」

「有。」

「快給我。多給我幾個，順便幫我泡杯咖啡。」

和久的一連串要求，栖川輕鬆應下。他走進吧檯，往虹吸式咖啡壺注入熱水，準備沖咖啡。他的側臉線條柔和，似乎心情頗佳。

❀

隔天星期五，野原町白夜祭當天，本店第一位——更精確地說，是開店前就跑來的客人，是個出乎意料的人物。

當時我在倉儲室跟和久一起拆箱、核對進貨明細，門忽然被大力打開，理應在清點收銀機的槙乃走進來。

「倉井，你可以代替我清點收銀機嗎？我要去一趟地下書庫。」

槙乃話沒說完就蹲了下去，拉起通往地底那道門的把手，一個小小的入口出現在眼前。

抱著幾乎和她臉一樣大的手電筒，她一步步往下走。我沒有應聲，靜靜目送她離去，和久冷不防拍我屁股。

「你發什麼呆？快滾去結帳櫃檯。」

「啊，是，不好意思。」

我一走出倉儲室，就和結帳櫃檯前神色不安的客人四目相接。

「知晶老闆娘？」

「啊，倉井。早安，不好意思，我在開店前跑來。」

知晶禮數周到地彎腰行禮後，依然垂著頭，彷彿要躲避我的目光。

今天，她那雙稍稍下垂的溫柔眼眸下方，眼袋略顯紅腫。我慌忙別開眼。

「妳請南店長找書嗎？」

「對。有本書我無論如何都想看，才一大早過來請她幫忙。」

知晶穿著亞麻洋裝配內搭褲，沒圍那件炭灰色圍裙，頭上卻一如往常地綁著紅色方巾。

「今天沒開店嗎？」

「我偷溜出來。」

「咦？」

人手不足的程度「金曜堂」也不惶多讓，但「克尼特」大小事都由夫妻倆包辦，他們有多忙碌，我們這些客人從旁也看得很清楚。就算現在放暑假，高中生不多，每天早上八點過後，總有許多參加社團活動的學生和趕著通勤的上班族，紛紛進店買麵包當早餐或午餐，人潮從未間斷，此刻應該是繁忙的時段。更何況，今天傍晚有野原町的白夜祭，不是要特別製作芬蘭麵包嗎？

或許是察覺我充滿疑惑的目光，知晶尷尬地別過臉，伸手搔了搔頭，終於發現自己頭上還綁著紅色方巾，順手卸下來。

她解開腦後的馬尾，重綁了一次——這次綁在更高的位置。

整張臉隨著頭髮被往上拉，顯得俐落又幹練。她在「克尼特」忙碌的身影，就是一副年輕老闆娘的模樣，現在看起來更加年輕。說得更準確些，此刻「克尼特」的老闆娘，變回了名叫「早生知晶」的女性。

我慌忙轉向結帳櫃檯，接手槙乃做到一半的工作。栖川事不關己地在茶點區準備開店。開店前，店裡靜悄悄的。太安靜了。沉默在知晶與我之間蔓延，正當我承受不住想打破沉默時，倉儲室的門終於開了，槙乃抱著一本繪本出來。

「不好意思，讓妳久等。」

「哪裡，我才不好意思……找到了嗎？」

槙乃微笑回答「當然」，將懷中的繪本遞出。

《怕寂寞的克尼特　朵貝．楊笙》（註）

即使對作者名字感到陌生，我也認得封面數個角色中面向前方的小女孩。

米妮。在「姆米」系列中出現的小女孩。但我頂多只知道這系列推出了許多商品。

「那是姆米的繪本嗎？」

「對，只是裡面並沒有姆米——」

知晶無視我們的對話，一接過繪本，便將錢分毫不差地放在結帳櫃檯上，當場翻閱起來。她翻得很快。就算繪本的字數遠少於小說，翻那麼快，多半沒在品味最要緊的圖畫。

註：Tove Jansson（一九一四～二〇〇一）芬蘭作家、小說家、畫家及插畫家，代表作為姆米系列作品。

不過，知晶似乎真的看完了《怕寂寞的克尼特》。翻到最後一頁，她的目光停滯，脫口說出一句：

「『從此以後，兩人一直過著幸福快樂的日子……』」

她的聲音似乎在顫抖？我抬起眼，不禁僵在原地。

站在結帳櫃檯前的知晶，雙眼不斷落下淚水。

我發出既非「哇」亦非「啊」的怪聲，槇乃趕緊把我拉開，從結帳櫃檯探出身子。

「早生老闆娘？知晶？妳沒事吧？」

知晶不停說著「抱歉」，拚命忍住淚，大口吸氣。

「昨天送來的那些書中，有一本陌生的雜誌。」

是那本女性時尚雜誌，我立刻明白。

「雜誌裡的芬蘭特輯，介紹了這本書。」

「畢竟作者朵貝．楊笙，是在芬蘭的赫爾辛基出生。」

槇乃伸出食指按住纖細的下巴，露出微笑，但知晶一臉心不在焉，自顧自地說下去：

「繪本名稱裡的『克尼特』這個名字令我很在意，滿腦子只想趕快知道內容，才會一大早就跑來麻煩妳。」

知晶使勁咬住下唇，雙眸又滑下淚水。

「我沒料到是這種簡單直率的愛情故事，有點受到衝擊，也像是心臟被狠狠刺中。傷腦筋。」

知晶說話時，那顆淚痣不停顫動，她直直望著我，以指尖拭去眼角的淚珠。

「倉井，你送來的那本雜誌，的確是我老公訂的。」

「這樣啊，沒送錯眞是萬幸——」

「裡面刊登了他前女友的採訪文章。」

知晶沒等我說完就拋出爆炸性發言，掩沒了我說的「眞是萬幸」。槙乃抬頭瞥了我一眼，目光又移向知晶，緩緩詢問：

「難道是介紹《怕寂寞的克尼特》的那篇特輯？」

「對，就是她。旁邊還寫了一句話，『每當我想起克尼特，內心就深受鼓舞』。」

就是那句話逼得知晶一大早跑來找書，最後深受打擊吧。淚水又滑下她的臉龐。

「我很清楚他們的關係早就結束了，多半也不曉得對方的聯絡方式。可是，我老公心裡還有她。今天看了雜誌和繪本，我懷疑她也惦記著我老公，想到這裡我就……」

槙乃快步走出結帳櫃檯，用自己的背遮住知晶，把她帶進倉儲室。

「倉井，這邊交給你了。」

「啊，是。」

我望向玻璃門外，野原車站的站長正悠閒走過天橋。一對上我的目光，他滿面笑容地朝我揮手。槇乃多半是早一步發現站長來了，才趕緊擋住知晶。站長不是壞人——不，甚至可說人好得很——但這是兩碼事。

眼看就快到開店時間，儘管掛心和久也在的倉儲室裡的情況，我也只能加速清點收銀機，將新書一一擺到平台上，整理書櫃，拂去灰塵，連同槇乃的工作一併處理，忙得團團轉。

野原車站是個偏遠的小站，上行或下行的電車班次都不多。再加上主要乘客的野原高中學生正在放暑假，位於天橋上的「金曜堂」，最近接待顧客的工作自然比平常輕鬆。

隨著下行電車到站，一批客人湧進店裡，我要幫他們結帳，也要回答書本擺放的位置。一陣忙碌後，店內又恢復空蕩蕩的狀態，我見機不可失，正要打開倉儲室的門時，和久跟槇乃一起走了出來。

「知晶小姐呢？」

「我請她在地下書庫休息。」

「總比狹小凌亂的倉儲室來得令人放鬆。」

槙乃回答後，和久又補充一句。接著，他從襯衫胸前的口袋拉出方才拆箱、清點商品時，怕弄髒先收起來的彩色領帶，撫平皺褶，再度開口：

「問題是『克尼特』，少了麵包，白夜祭就無法開店。」

「對呀。」槙乃點頭附和，轉頭望向獨自在沒有客人的吧檯裡整理補書條的栖川。

「栖川，你能不能去『克尼特』支援？」

「啊？」

驚呼的人是我。栖川本人僅稍一揚眉，隨即脫掉墨綠色圍裙。

「去支援……是要書店店員去當麵包店的店員嗎？」

「對，栖川應該做得來。」

「這太亂來……」

「算不算亂來，不是由你決定。」

和久往我背上捶了一拳，我整個人往前倒。回頭一看，和久拿起手機貼向耳朵，凶神惡煞地瞪著我。

「喂？我是『金曜堂』的和久。嗯，你好。店裡怎麼樣？很忙嗎？我想也是。好，我馬上就派我們家的栖川過去，隨你使喚。啊？到什麼時候？我怎麼會知道。先別管你太太，明白嗎？現在不是你這個老公採取行動的時候，你就先不要理她。」

槇乃從旁糾正，「是先讓她一個人靜一靜啦，阿靖」。和久聽了，嫌她囉嗦似地擺擺手。

「總之，栖川隨便你用。他有即戰力。先這樣啦。」

手機裡持續傳來對方的聲音，但和久毫不猶豫地掛斷，抬了抬下巴。

「栖川，拜託你嘍。」

栖川點點頭，便穿過自動門出去了。我愣愣目送他離開，槇乃微微一笑，從圍裙口袋掏出寫書籍介紹用的，明信片大小的圖畫紙。

「茶點區臨時休息」

她用綠筆在薄荷綠的圖畫紙寫下這幾個字。可能是配色的緣故，看起來格外清新。

「倉井，能幫我把這張紙貼在茶點區那側的自動門上嗎？」

一同遞過來的還有圓點圖案的紙膠帶。我扶正方才被和久捶得歪斜的眼鏡，按照吩咐貼在自動門上。

「這樣好嗎？『金曜堂』今天也要準備野原町的白夜祭……」

「『金曜堂』是野原町的書店，我們要和這一區的夥伴互相幫助。」

槙乃的語氣堅決，說完便朝入口附近的平台走去。從昨天起那邊就掛著「野原町白夜祭書展」的標語，擺滿的芬蘭相關書籍。

槙乃毫不猶豫地拿起一本雜誌，走回聚在結帳櫃檯的我們面前。

「在芬蘭特輯中介紹『怕寂寞的克尼特』的——就是她。」

槙乃翻開雜誌，我與和久分別從兩側探頭看向內頁。

「是個美人啊。」

和久率直道出感想，我扶著鏡架，跟著頻頻點頭。那一身配色鮮明的服裝想必價格不斐，精緻閃亮的妝容，雍容華麗的鬈髮，以及五官分明的臉龐，一百個人來看，大概一百個人都會稱讚是「美人」。頂著這張出色臉蛋的女性，直視鏡頭微笑著。那笑容非常自然。但我不由得暗想，在陌生人的相機鏡頭前，能流露出如此自然的微笑，反倒不自然。

「她的職銜也太多了，到底是做什麼的？」

聽見和久的抱怨，我的目光才從看著鏡頭的美人身上挪開，讀起照片旁的說明文字。

「幣原茉那美，現居芬蘭。致力提升生活品味，不僅是販售北歐雜貨的『綠意森林的日常』網路商店店長，還身兼雜貨設計師、採購及攝影師，活躍於多方面，也在日本舉辦過不少工作坊。Instagram的追蹤人數高達兩萬八千人！」

「看來就是個自由工作者。」

我自言自語，一旁的槙乃拿出手機，在收訊頗差的店內四處走動，半晌後大喊「有了！」一臉興奮地跑到我的面前。

手機螢幕上顯示的是幣原茉那美的ＩＧ。以分享照片為主的這個社群軟體，她的帳號確實有許多人關注，無論按讚數或留言都很多。至於追蹤人數，可能是這次上雜誌的緣故，已突破三萬人。

「如果這個女的是絲卡特，『克尼特』的老闆娘當然會擔心。」

「絲卡特？」

和久瞪了我一眼，搖搖頭說：

「《怕寂寞的克尼特》在講一個名叫克尼特的男孩，為了幫助一個名叫絲卡特的女孩，不畏艱難以身犯險的故事。是可歌可泣的愛情故事繪本。南，對吧？我們在『星期五讀書會』看過這本吧？我記得是阿迅挑的。」

「嗯……阿靖說明書的方式，總是充滿你的風格。」

槙乃有些困擾似地皺眉，目光逐漸飄遠。

「不管幣原茉那美現在還是不是早生邦登的絲卡特，兩人曾交往的事實都無法改變。」

聽著槙乃說出這句話，我的心頭一緊，聲音都分岔了。

「『無法改變』的意思是……？」

「咦？就是字面上的意思。過去的事實和一個人的內心，是他人無論多努力都無從改變的。」

槙乃回答時，依然凝望著遠方。那雙眼睛根本看不見我，我煩躁不已，不自覺大聲起來：

「可是，如果抱持這種想法——」

「倉井。」

和久的聲音響起，語氣不同於平日的輕率，也並非威脅，只是冷靜地告誡。然而，我的嘴巴停不下來。

「此刻，身邊重視他、關心他的其他人，就全都無能為力了。這樣未免太悲哀。」

不知不覺中，我的用詞沒了平常的恭謹。槙乃震驚地看向我，幾乎同時，和久揪住我的後頭說：「過來一下。」

和久一路拉著我到茶點區的吧檯，丟下一句「在這裡等」，粗魯地踏進少了栖川身影的吧檯，從廚具櫃和酒櫃旁的小書櫃抽出一冊繪本。

吧檯裡那座書櫃擺的書，茶點區的客人都能自行取閱，但全是非賣品。

「《怕寂寞的克尼特》——原來這裡也有一本。」

我喃喃自語，和久點頭，隔著吧檯將繪本遞給我。

「借你，你馬上看。只要在『金曜堂』裡，愛在哪裡看都隨便你。」

「為什麼要我看？」

「為什麼？嘎，你問為什麼？混帳，問你自己的心啊。」

和久臉上浮現怒意，我慌張接過，他從鼻孔哼了一聲。

「要反駁南，你也得先看完這本書。」

怯懦又扭曲的愛慕心理被看穿了，我垂下頭，調整眼鏡。方才直衝腦門的激動情緒終於慢慢冷卻，我簡直無地自容，尷尬得抬不起頭。這時，和久的聲音又傳進耳裡。

「那就換一下工作吧。我和南看店，倉井，你去幫剛補貨的漫畫包膠膜，順便陪著『克尼特』的老闆娘。」

「我知道了。」

我抱著繪本，像要逃離現場般匆匆前往倉儲室。

倉儲室的入口旁，和久已拆封、清點完的書堆積如山，待會槙乃與和久要合力搬進店裡吧？此外，紙箱中剩下許多漫畫，幾乎都是剛上市的羽海野千花（註一）的《3月的獅子》和九井諒子（註二）的《迷宮飯》。這兩部都是熱門作品，只要野原高中開學，一天就可能賣光。我把方才借的那本《怕寂寞的克尼特》輕輕放在紙箱上。

門無預警開啓。回頭一看，槙乃站在門口，表情前所未有的緊繃，我頓時慌了手腳。

「那、那個，剛才——」

「這本也一起拿去。」

她截斷我的話，遞來那本女性時尚雜誌。

「等你看完《怕寂寞的克尼特》，也看一下這本，一字一句都不要放過。」

註一：日本漫畫家，代表作為《蜂蜜幸運草》，《3月的獅子》以將棋為題材，曾改編為動畫及真人電影。

註二：日本漫畫家，融合奇幻冒險與美食元素的《迷宮飯》是其第一部長篇連載作品。

我一頭霧水地回望，槙乃低下頭，避開我的目光。

「知晶小姐就麻煩你了。」

她轉過身，快步走出門外。

我慢吞吞地將手中的雜誌疊在繪本上，從櫃子裡拿出異常巨大的手電筒，在地板上的把手旁蹲下，拉開通往地底的那道門。接著，我走回來，扛起疊上繪本和雜誌重量的那一箱漫畫，往「金曜堂」地下書庫黑暗的入口走去。

由於那箱書太重，我不時「唔、唔」地呻吟，僅靠著手電筒的亮光走下那片黑暗。狹窄的通道彎彎曲曲，陸續出現短階梯，這個通道的設計根本就意圖使人迷路吧。我不斷往前走，最後下了一道長階梯，踏進亮著好幾排日光燈的地下書庫。平常都需要按下階梯旁的開關才能看見書庫的情況，但今天知晶已在裡面，一抵達就能看清燈光下的書庫全貌。

「居然把地下月台改造成書庫，眞教人驚訝。」

知晶的聲音不知從何處響起，我環顧四周，搜尋聲音來源。二戰前開始規畫、因戰爭化為泡影的狹長地鐵月台上，一排排鋁製書櫃的中段探出一張臉。

「妳好……」我低頭行禮。她回著「你好」，一臉難爲情地走近。看樣子，她的心情平復得差不多，淚水也止住了，我放下心來。

倉儲室裝設最新型機種後，原本那台舊式包膜機就搬下來了。我將紙箱放在機器旁，捶捶腰，回頭看向知晶。

「不好意思，我有工作要在這邊處理，希望妳不要介意，好好休息。」

「你要做什麼？」

知晶輪流望著我和旁邊那台大型機器。

「包膜——幫漫畫包塑膠膜。」

「哦，是那個啊？防止客人只看不買的邪惡塑膠膜。」

「對，是啦，說它邪惡——其實它也有保護書本的作用。」

我拿起一本漫畫，裝入專用的袋子，再放進機器。只要能讓膠膜完美貼合封面和背面，補書條能從書頁上方輕易取出，就可以出師了，不過我還笨手笨腳的。儘管如此，知晶仍看得興味盎然，眞心讚嘆「好厲害」。

「在書店工作好玩嗎？」

「嗯，滿好玩的——不過，我只是個工讀生。」

我搔搔頭，知晶微笑，眼下的臥蠶變得更加明顯。

「對耶，倉井，我記得你還在念大學吧？有個校區在竈門……」

「對。」

「你開始思考以後要從事哪一行了嗎？還是，想直接在書店任職？」

一直避免深思的問題冷不防被端上檯面，我頓時不知所措。

「啊，這個……該怎麼辦才好？我實在不太……」

我用中指推推眼鏡，知晶笑著說「現在還不曉得是吧」，旋即神色一正。

「抱歉，我不是在笑你，只是想起以前自己上大學時也是這副模樣，忽然覺得很可愛。」

「妳不是一開始就想開麵包店嗎？」

「嗯。從未考慮過麵包店，早上根本起不來。當時我沒有特別想做的工作，因緣際會進了貿易公司，我老公是公司的前輩。」

聽見「貿易公司」這個出乎意料的詞，我不禁停下手，看向知晶。想像邦登就站在她的旁邊，兩人穿著西裝和套裝的模樣——實在搭不起來。果然在我心裡，早生夫妻就是麵包店「克尼特」的老闆和老闆娘。

「我跟他分屬不同部門，不過他嗓門大、塊頭大，又愛四處走動，工作時總是心情愉快的模樣，算是男性員工中引人注目的。至少，我知道他這個人。老實說，我對他有些憧憬，希望自己也能像那位前輩一樣快樂工作。呵呵。後來，碰巧在做麵包的課堂上遇到，他主動向我搭話……我高興極了。」

知晶的聲音逐漸有了活力，我開心地點頭。

「所以，你們有共同的嗜好。」

「喜歡……是啊，我以前眞的很喜歡麵包，只要聽說哪裡有好吃的麵包店，假日一定會找時間去。但如同剛才說的，我從來沒想過要開一家麵包店。做麵包，只是當時學習的各種才藝之一。」

「那麼，想要開麵包店的是邦登先生？」

知晶靜靜點頭。

「有天上完麵包課，我們一起走到車站。有機會和他聊天我很開心，可是聽他說『我要辭掉工作，開一家麵包店』時，我大吃一驚。」

知晶講話時，一邊俐落地將我包好膜的漫畫擺整齊。這份貼心，展現出生意人特有的服務精神。

「我太過驚訝，不小心笑了出來。於是，我老公以爲我是個『處變不驚的女人』——因此選擇我爲邁向人生下一個階段的伴侶。」

「恭喜。」

我不禁脫口而出，知晶苦笑著搖搖頭。

「可是，他會在那個時間點積極地決定自立門戶和結婚，最重要的原因是和從學生時代就開始交往的女友分手了，並非是遇見我的緣故。」

我注視著從機器滑出來的，因受熱收縮而緊密貼合漫畫的塑膠膜。

「不過，妳喜歡邦登先生，邦登先生也喜歡上妳，才會向妳求婚吧？」

我刻意在「向妳求婚」這幾個字加重語氣。邦登心動了，他選擇的不是幣原茉那美，而是知晶。這一點千萬不能忘記。過去就只是過去。

然而，知晶輕嘆一口氣，睫毛的陰影落在那雙下垂眼眸的臥蠶上。

「誰曉得呢?茉那美說『我找到想獨自完成的目標』，就甩了他。搞不好只是因爲在他最失意時，陪在他身旁的人剛好是我而已。當時，我老公是我憧憬的對象，我又沒有『想完成的目標』，於是一直依照他的想法，一路走到今天。他邀我一起開麵包店，我就辭去工作；他說找到店面了，我就搬離住慣的地區；他說要努力讓生意上軌道，我就全年無休地工作……」

知晶一頓，看向我。我拿起最後一本漫畫，緩緩放進膠膜包裝機。

「如今，要是我老公說『還是忘不了茉那美』，或許我也會退讓，我很害怕。」

「不能拋開這樣的想法嗎？」

聽見我的建議，知晶露出微笑，吐出一口氣。

「但我太清楚了。我太清楚他以前有多喜歡茉那美。我們只是普通同事時，他一天到晚都在誇讚自己的女友。」

這太難受了，我無話可說。

「我老公大學打橄欖球，愛慕大他一歲的啦啦隊隊長茉那美，不斷主動出擊，好不容易成功交往。茉那美當上空姊後，爲了成爲配得上她的男人，他拚命考進名列大企業的貿易公司，這些過往我全都一清二楚。即使兩人早已不是男女朋友的關係，我依然隱隱擔心他仍惦記著對方。所以，這次發現他買了那本刊有茉那美文章的雜誌，還用茉那美喜歡的繪本爲麵包店取名，我的第一個念頭是『我就知道』。說來奇怪，我似乎很能接受……」

知晶從我手中接過最後一本，整齊擺在那疊漫畫最上面。

維持著背對我的姿勢，她自言自語般說：

「知道喜歡的人心中有一個難以忘懷的對象，還要在這種情況下一起生活，眞的太寂寞、太空虛了。尤其是在實際層面、物理層面愈被喜歡的人需要，那股空虛寂寞愈是加速蔓延，整顆心像破了一個大洞。不管是自信或希望，全都從那個洞溜走了。」

知晶的背影顫抖著。她可能又哭了。先別打擾她吧。話雖如此，我也不禁鼻酸，悄悄吸著鼻子。

——因為我懂。此刻折磨著知晶的那份空虛寂寞，就橫亙在我遲疑著是否該繼續走下去的那條路前方。毫無疑問。

我把包完膠膜的漫畫全放回紙箱，拿起剛剛帶下來的《怕寂寞的克尼特》，就地坐下。盤腿，調正眼鏡，望向封面。

身穿黑外套的小男孩，沒辦法融入群體，獨自站在稍遠的位置背對其他人。他想必就是克尼特。

我快速翻過整本書，但沒有快到像方才知晶那麼誇張。看完最後一句話，我又翻回第一頁，重新看了一遍。

閱讀眞是不可思議。無論哪本書，都必定藏有此刻的自己需要的訊息。或者反過來說，人有機會從任何書中，找到自己此刻需要的那句話。

我闔上繪本，遵照槇乃的囑咐翻開那本女性時尚雜誌。我按捺住想隨意瀏覽過去的衝動，耐著性子一行行仔細閱讀說明文字，終於在令人眼花撩亂的服裝及化妝品廣告頁面裡，發現某一頁，忍不住用力拍了下膝蓋。我明白槇乃要我看這本雜誌的理由了。看完《怕寂寞的克尼特》我會產生何種心境，又會向知晶說什麼話，如果這些都在她的預料之中，未免太厲害了。

——「能找到想看的書」的書店店長，實在教人敬畏。

我懷著近似畏懼槇乃的心情，朝知晶的背影發話：

「《怕寂寞的克尼特》是發生在白夜的故事耶。」

「是這樣嗎？」

「對。克尼特和絲卡特相遇的場景裡，寫到『**那是白夜的月亮**』。」

知晶回頭，我舉起繪本指給她看。那張圖橫跨兩頁，描繪出花田裡的克尼特和絲卡特。天空是沉穩的藍色。作者朵貝．楊笙選來展現白夜的藍色，不僅代表了這本繪本的色調，對我而言，也代表著北歐的風格。

「話說回來，在我看來，這繪本並不像戀愛故事。」

「什麼意思？」

「這是內心破了一個大洞的克尼特的故事。這個大洞，妳有、我有，恐怕每個人都有。在我的眼裡，這個故事是在描述一個人如何填補內心的大洞。」

嚷嚷著『**黑夜好可怕，我好孤單**』的克尼特需要他人，盼望有個人來消除自己的寂寞與不安，逗自己開心。相反地，他又十分內向、膽小，『**不肯從石頭後面出來**』。這樣無助的克尼特，該如何填補自己內心的大洞呢？

「這故事不就在說他遇見命中注定的對象絲卡特，幫他填補了那個大洞嗎？」

知晶疑惑地側著頭，那雙下垂眼詫異得不住眨動，高馬尾的髮梢輕輕掃過眼角下的淚痣。

我緩緩搖頭。閱讀是自由的。要怎麼詮釋一個故事，是每個人的自由。但如果一個人理解書本的方式害自己受苦，由他人來告知理解故事的新角度也沒關係吧。

「我認爲克尼特心裡的大洞，並不是絲卡特幫他填滿的。她只不過是契機和結果罷了。『**為了安慰、保護另一個人**』，克尼特採取行動，然後因自身的行動而修補了內心的大洞。他是靠自己填滿的。所以，最後才能『**過著幸福快樂的日子**』吧。」

「行動……」

知晶恍若第一次聽見這個詞，沉聲低喃。看著她，我忍不住問：

「知晶小姐，妳要不要去見幣原茉那美？」

「咦？」

「我讀了繪本後，猜想妳或許是被過去邦登先生口中的那個茉那美形象困住了，才會這麼難受，就像克尼特一聽到怪物莫蘭的聲音便心生恐懼一樣。既然如此，只能主動出擊了。」

「去見她？她跟我老公分手多年，就算心裡還有邦登，也沒有真的在背地裡偷雞摸狗，我該問她什麼呢？不管問什麼，肯定都會打擾到她。」

「對。所以，妳什麼都不用問。即使見到她，也不需要勉強找她說話，更不需要特地宣告些什麼。只是親自去看看，拿掉邦登先生以前描述的那些話後，幣原茉那美究竟是怎樣的一個人。」

知晶左手按住胸口，彷彿要堵住內心的洞。那纖細的身影抬起微微下垂的雙眼望向我。

「哪有那麼好的機會？雜誌上都寫了，她住在芬蘭……」

「她現下在日本——事實上，就是今天。而且，是一個不用談及私事就能近距離觀察她的機會。」

我把封面用粉紅色印著「芬蘭特輯」的那本雜誌，翻到剛才發現的一頁。上頭寫著雜誌社主辦一系列「生活品味工作坊」，並附上講師的照片。從說明文字來看，講師們各自教授不同的課程，比如點綴日常生活的家居妝容、服裝搭配、廚藝、髮型等。

幣原茉那美負責的是雜貨攝影的講座。

「講師和學生——如果是這種關係，的確一直看著對方也很自然。」知晶一邊思索一邊說，又皺眉道：「可是，『雜貨攝影』是什麼？這裡寫著『可自行攜帶相機和裝飾配件，現場也會出借相機』。」

「不曉得，可能是帶一些小東西去拍照吧？這些流行用語我也不太懂。」

我和知晶面面相覷，緊繃的氣氛煙消雲散，我們同時笑了出來。她指著雜誌頁面說：

「欸，等一下，工作坊的日期是今天，而且只有『抽籤選出的五十名幸運兒』能參加……」

「不用擔心。」

我指著和雜誌社並列「共同主辦單位」的「知海書房」那幾個字。

「這場工作坊辦在全國連鎖大型書店『知海書房』的總店，我有門路。」

「門路？」

原本想輕鬆說出「門路」一詞，卻意外發現自己內心掀起波瀾，我感受著這種心境，一邊向知晶解釋，我父親正是「知海書房」的社長。

「我知道『知海書房』。上大學時附近就有一家，我很常去。每一層樓的賣場都擺得整整齊齊，要找專門書籍很方便。」

「啊，謝謝。」

我感覺父親被人稱讚了，不禁開口道謝。知晶注視著我，佩服地說：

「倉井，你眞厲害，明明是『知海書房』的公子，身上卻完全沒有少爺氣息。」

「妳這是在誇獎我嗎？」

「呵呵呵。」

知晶眼下的臥蠶因微笑而晃動。我整理好心情，抱起那箱包完膠膜的漫畫。

「知晶小姐，差不多該回去地面上了吧？」

知晶緩慢卻堅定地點頭。

回到倉儲室，我立刻緊張地打電話到「知海書房」。剛才大言不慚地說自己「有門路」，其實父親在經營書店上沒那麼好講話。說起來，他是清楚畫分工作和家庭的類型。而且上國中後我愈來愈少去「知海書房」，認識我的店員逐年減少。

幸好，總店店長二茅女士是看著我長大的資深員工，她二話不說就答應，眞的幫了大忙。

一切安排就緒，我告訴「金曜堂」其他人剛剛給知晶的建議，槙乃聽了，那雙大眼睛高興得閃閃發光。

「那麼，倉井，你陪知晶小姐去。」

「等一下，別開玩笑了。現在已少一個栖川，要是連倉井都不在——」和久不情願地抗議，槙乃好言相勸，朝我豎起大拇指。

「『金曜堂』不會有問題，你放心去吧。」

「盡量在白夜祭開始前回來，今天要開店一整晚。盡量啊。」

和久突然插話。我推了下眼鏡，點點頭。

「事情一結束，我立刻回來。」

上行電車發車前，知晶待在臨時休息的「金曜堂」茶點區消磨時間，幫邦登跑腿的栖川送來幾種「克尼特」爲白夜祭特別烘烤的芬蘭麵包。槙乃似乎悄悄聯絡過了。

「路上吃。」

栖川的話極爲簡潔，知晶接過那袋麵包，神情複雜地低下頭。看來，她還不知該向邦登說什麼。

跟著獲贈麵包的我看向袋內，幾個整齊擺在袋底的麵包外形都十分特別，飄出剛出爐的誘人香氣。

❀

「知海書房」的總店位在神保町（註）最好的地段，是一棟大樓。

九層建築中，客人最高只能到八樓。順帶一提，九樓是員工專用樓層，父親的辦公室也在那裡。爲了避免客人迷路誤闖，設置了直達電梯，從店面沒辦法直接過去。

「知海書房」的活動空間則設在八樓，平時也會舉辦店員自行規畫的朗讀會或演講活動，不過多半是出租場地給簽名會、攝影會，或者是像今天的工作坊一樣，共同參與由出版社或演藝經紀公司發起的活動，提供場地。

活動空間正面一個巨大的背板列出了雜誌社LOGO，旁邊擺著一只銅盤，上面刻著「知海書房」的商標，一艘漂浮在海面的帆船。但最顯眼的是立在側邊的一塊黑板，上面

註：位於東京都千代田區，為日本最大的書店街。

以粉筆寫著「生活品味工作坊」幾個大字。

中央有一張白色大桌子，四周圍著幾張桌子，椅子沿牆排成一圈，會場幾乎全滿。我和知晶好不容易在入口附近的兩個空位坐下。

終於能喘口氣時，有個人彷彿等候已久般立刻走近。那是在「知海書房」工作將近四分之一個世紀的二茅女士。

「好久不見，史彌，你變得這麼成熟了……」

就資歷來看，她的年紀約莫是介於四十五到五十歲之間，但配戴時尚款眼鏡、妝容精緻、身材又苗條的二茅女士，依然像是多年前牽著小時候的我在「知海書房」四處轉的那個「大姊姊」。眼鏡後方那閃耀著理智光輝的雙眸，流露出不同於槙乃的店長氣質。

「我不成熟，還早得很。不說這個了，今天謝謝妳幫忙。」

「不用客氣。你肩負著『知海書房』的未來，這點小事沒什麼。」

二茅女士向我身旁的知晶輕輕點頭致意，嘴角勾起漂亮的弧度。或許是察覺到我打從心底抗拒這件事，她隨即改變話題。

「幣原老師的工作坊非常受歡迎，幸好還擠得出座位。」

我環顧坐在牆邊的學員，幾乎都是二十多歲的女性，不少人脖子上掛著單眼數位相機，服裝髮型也都經過精心打扮。老實說，我顯得格格不入，非常突兀。

原本只有輕柔交談聲的會場，驟然響起熱烈的歡呼。定睛一看，今天的講師幣原茉那美正朝講台走去。

本人和雜誌上一樣漂亮，卻自然許多。現場的女性紛紛發出驚呼，知晶也微微倒抽一口氣，眼睛眨也不眨地牢牢盯著。

講台上的茉那美先優雅地感謝來參加活動的學員，及促成這場工作坊的相關人士，隨即切換成輕鬆的口吻，宛如機關槍般滔滔不絕地講述雜貨攝影的要訣。

「不好意思，我講話很快吧？經常有人說我講話的方式跟長相不搭。我也可以用當空姊時練就的那套標準方式來講話，但講快一點，待會大家就有更多時間實際操作，所以我在工作坊都會講這麼快。實際上，我私底下講話的速度比現在快三倍。如果有什麼地方沒聽清楚，大家不用客氣，直接提問。重講幾次都沒問題。」

她快活的語氣逗得現場笑聲四起。從雜誌上的照片及文字敘述，想像不出她有如此爽朗親和的一面，我不禁萌生好感。

茉那美如她自己所說，迅速說明完畢，旋即移動到中央那張白色大桌子，進入實作階段。這應該是大家最期待的部分吧？學員們爭先恐後站起。受到會場的氣氛驅動，我和知晶也慌忙轉移陣地。

「首先要注意光線。照片的好壞取決於光線，一定要花時間尋找光源。最好能先弄清楚家中哪裡的光線最漂亮。」

「雜貨配置的要點在於減法。像是前面這組擺設，桌子、盤子、桌巾和甜點，單獨來看都很出色。蒐羅到這麼多好東西，大家想必會很得意。不過，全部擺在一起畫面就太複雜了。」

茉那美維持輕快的節奏，一面將桌上的幾樣雜貨和食物橫擺、轉直或重疊在一起。每次她巧手一揮，就變換出宛如雜誌照片的構圖，引發學員的連聲驚嘆。

一開始，大家先用茉那美擺好的構圖，採取和她相同的角度拍攝。接著分組，學員可自行運用茉那美教授的原則，拍攝自己想拍的物件。據說，茉那美準備的北歐雜貨、餐具和甜點，學員都能自由使用。

很快地，各桌紛紛響起歡呼聲、愉快的笑聲，工作坊的氣氛熱絡起來。我和知晶面面相覷。

「既然都來了，我們也拍點什麼吧。」

「也對，可是要拍什麼……」

我環顧四周，知晶則拿出裝著「克尼特」麵包的袋子。

「其實我之前就想過，希望我們官網上的麵包照片拍得更好吃、更有品味、更吸引人。」

知晶將麵包擺上藍色深盤，反覆嘗試，耐心找出漂亮的擺法。接著，她模仿茉那美踩上三角梯，從正上方進行拍攝。這時，巡視各桌情況的茉那美走了過來。

「啊！卡累利阿派（Karjalanpiirakka），還有黑麥麵包（Ruisleipä）和肉桂捲（Korvapuusti）。哇，全是芬蘭的麵包。」

茉那美展露具有親和力的笑容，知晶慌張地點頭回應。

「啊，對。沒錯，這些是芬蘭的麵包。雖然我不曉得正確的名稱。」

「這些是妳自己做的嗎？」

一瞬間，空氣彷彿靜止了。陰影幾乎要落在知晶眼下的臥蠶上，不過很快就散去。知晶斂起下巴，注視著茉那美：

「不，是我老公，他是麵包師傅。今天我們地區有活動，他特別烘烤了這些芬蘭麵包。」

「聽起來好棒。」

茉那美輕輕拍手，知晶自然地露出微笑。茉那美匆匆拋下一句「等我一下」，便跑出活動會場，拿著一塊厚重的木製砧板快步走回來。

「這是我的私人物品，妳把麵包擺在上面，再用負曝光補償來拍就會很有質感，我保證。」

「負曝光補償？」

「啊，不好意思，今天的工作坊沒有介紹到這項技巧，是利用降低曝光值來使背景變暗，突顯被攝物體。機會難得，我們偷偷試一下，好嗎？」

茉那美俏皮地微笑，知晶低頭說：「麻煩老師了。」

於是，「克尼特」的麵包在茉那美的協助下，完成出色的擺盤，最終也拍出看起來更可口、品味高級又吸引人的照片。

實作練習結束，沒帶相機的參加者也能拿到茉那美和自己拍的照片檔案，大家可自由使用。

最後，問答時間也結束，參加者心滿意足地走出會場，知晶卻徑直走向茉那美。她回頭看了我一眼，神情堅定。原本給人柔和印象的下垂眼也莫名顯得神采飛揚。茉那美正和出版社員工相談甚歡，但知晶毫無怯色地主動搭話。我在後方靜靜守望著她。

「今天拍出那麼漂亮的麵包照片，很感謝老師。」

「不客氣，是被攝物體太出色。每個麵包看起來都非常美味，我不禁有點想念芬蘭了。」

茉那美開朗地笑道，嘴角大大咧開，露出潔白的牙齒。那是迷人的燦爛笑靨。想必會有許多男性暗自盼望，那張笑臉只對自己綻放吧？邦登會深深墜入愛河也是理所當然。

知晶也認為茉那美的笑容太耀眼嗎？她接連眨了好幾次眼睛。接著，她緩緩拿出那袋麵包。

「如果老師喜歡，請收下。這些麵包剛才沒用來拍攝，不必擔心衛生問題。」

「可以嗎？」

知晶點頭。茉那美像小朋友一樣開心地舉手歡呼：「哇！」

「你們的店名是什麼？」

「克尼特。」

知晶清楚地回答。茉那美「啊」地驚呼，頓時笑容滿面。

「我非常喜歡名叫《怕寂寞的克尼特》的繪本。」

嗯，我們知道。我和知晶不禁同時點頭。

知晶抬起頭，似乎下定決心。她詢問茉那美：

「那個……我想請問老師，妳喜歡那繪本的哪個部分呢？」

「克尼特努力的精神吧？好像看到自己一樣，會讓我萌生勇氣。」

茉那美毫不遲疑地回答。沒有呑呑吐吐，直率地陳述。

知晶的雙眼睜得老大，幾乎變成橢圓。

「老師認爲自己是克尼特？」

「很奇怪嗎？別看我這樣，其實我膽小得要命。」

茉那美淘氣地壓低聲音，眼神卻十分認眞。

「這麼講有點厚臉皮，但我從以前就常被認爲是個完美無缺的人。明明眞正的我根本不是那種類型，卻一直戰戰兢兢地努力想符合他人的印象。不能讓別人失望，待人接物必須符合社會常識。無論是學校或工作，都選擇了符合周遭期待的那條路，連在家人或男友面前，也沒辦法坦率說出眞心話，以原本的自己與對方相處。我厭煩這一切了。後來有一天，我察覺心裡破了一個大洞。」

「洞？」知晶忍不住提高聲音。

「對，洞。一個很大的洞。爲了塡滿那個洞，我仿效克尼特，一個人踏上旅途。我想拋開他人的眼光，找尋眞心想做的事情，直到找到爲止。我就這樣一路旅行，逐漸變得不在意他人的想法。這時，我遇見了我的絲卡特——在芬蘭。」

茉那美輕快分享的，屬於她的「克尼特」的故事裡，根本連一點前男友邦登的蹤影都沒有，想必知晶也很清楚。茉那美說到一半時，知晶就一直張著嘴，等她終於回過神，才端正站好說：

「老師能找到自己的絲卡特眞是太好了。今天非常感謝妳。」

「不客氣，也謝謝妳的麵包。」

茉那美自然不造作地伸出手，知晶也毫不遲疑地回握。

這一刻我知道，知晶的旅途邁向終點了。

我先步出會場，在外面等知晶。二茅女士不知從哪裡又冒了出來。

「社長的身體狀況很不好嗎？」

她單刀直入地詢問，時尙的眼鏡後方一雙眼緊盯著我。我不禁屛息，再盡量自然地放緩呼吸。

父親的病相當難纏，已住院超過半年，情況時好時壞，實在稱不上有好轉。我常找機會去探望他，但每次堆起笑容陪著日漸消瘦的父親聊天都耗盡我全副精神，走出病房後，我總是精疲力竭。

「他很好啊。」

我慎重地回答，二茅女士卻繼續追問：「請告訴我實話。」

「他真的很好，笑口常開。」

我努力克制別開目光的衝動，筆直回視二茅女士，重複一次。父親不希望員工不安，進而造成公司動盪，一直沒有公開病名和病況，我只能這麼回答。況且，「笑口常開」是事實。無論多難受，父親都會保持笑容。他就是這樣的人。

二茅女士略帶霧氣的雙眸定定注視著我，半晌後才放棄似地嘆了口氣。我瞥見她瘦削的肩膀、不曾套上戒指的左手無名指，不禁猜想她今天答應我的無理請求，或許就是想問出父親的情況。很久之前——遠比父親和現任妻子紗織第三次再婚還早——我就隱約察覺到，二茅女士對父親的愛慕。此刻又感受到她的心情，我無力地垂下頭。

「沒事就好。請轉告他，所有員工都衷心期盼他回到公司。」

二茅女士說完，深深一鞠躬。我慌忙低頭回禮。

「我一定會轉告他。」

我暗自決定要趁和父親獨處時傳達，而且要捨去「所有員工」這一句。

✿

我和知晶回到野原車站時，漫長夏日高掛天際的太陽已下山。

「好亮！」

一踏上月台，我忍不住驚呼。太陽明明下山了，夜空怎會這麼亮？

「沒想到吧？所有商家和住宅的燈全亮起，意外地很像白夜。剛搬來的第一年，我也嚇了一跳。」

知晶笑得眼下的臥蠶晃動。接著，她有些扭捏地低下頭：

「倉井，那個……眞的很謝謝你。」

「不要這樣，我沒做什麼値得感謝的事。」

「不。倉井，你對《怕寂寞的克尼特》的解讀方式拯救了我。」

「妳這麼說太誇張了……」

我不知所措地揮舞雙手。「知晶！」一道叫喚聲傳來。

我和知晶同時望向聲源處，穿著白色廚師服的邦登正從天橋走下階梯。看來，我打電話回「金曜堂」後，消息立刻就傳到「克尼特」了。邦登後面跟著笑嘻嘻的槙乃。不知爲何，槙乃穿著浴衣，還紮起頭髮，實在是超級、超級可愛的，但這件事暫且先放一邊。

邦登跑到知晶面前，頻頻拭汗，彎下寬闊的背。

「店呢？」知晶擔憂地問，他喘著氣擺擺手。

「栖川幫忙看著。區公所放煙火的時間快到了，大家都跑去那邊，現在沒客人。」

「這樣啊。」

沉默降臨在兩人之間。邦登用力搔搔頭。

「那個……歡、歡迎回來。」

「我回來晚了，抱歉。」

知晶抬頭看著邦登鼻頭的汗珠，輕聲道歉。

「沒事。只是晚了，一點關係都沒有。更重要的是，那本雜誌——對不起，我真的只是覺得有點懷念，並不是對她還有什麼特別的感情……」

邦登汗如泉湧，拚命想要解釋，知晶一直注視著他。

「還有，店名『克尼特』是仿照我名字『邦登』的發音（註），妳別誤會……」

「邦登。」

「是。」

「我很喜歡麵包店的工作，也很喜歡野原町。」

聽到知晶突如其來的內心話，邦登大為詫異。他雙眼圓睜，謹慎地點頭回應「是」。

「雖然一路走來都是按照你的步調，但我並不覺得勉強。只不過每天太忙碌無暇細想，其實我挺喜歡目前的生活。」

知晶揚起微笑，那雙下垂眼益發向下彎，整個人顯得更柔和。邦登如獲大赦般全身放鬆下來，知晶將回程在東京車站附近列印的照片遞給他。

「這照片……」

「很漂亮吧？我們家的麵包看起來很好吃，對不對？我去上了幣原茉那美的雜貨攝影課，她眞是位好老師。比以前你誇耀女友時描述的更出色一百倍。不過，僅止於此。」

邦登的喉結上下滾動。那聲音大得連在稍遠處的我都聽見了。

「今天實際和本人相處後，我就懂了，我根本沒有必要害怕她。令人畏懼的怪物莫蘭

註：邦登的日文讀音是「クニト」（KUNITO），克尼特則是「クニット」（KUNITTO）。

並不是茉那美，而是逃避看清事實的，我的內心。能夠明白這一點，實在太好了。」

知晶的笑容毫無陰霾。

「邦登，我不是你，不知道你是怎麼想的。但我喜歡你，和你一起在野原町做麵包，我是開心的。這樣就夠了——不，不光如此，能塡滿我內心那個大洞的，只有這份心意了。所以……」

知晶深吸一口氣，一鼓作氣說完。

「我回來了，邦登。」

砰砰！震撼身體深處的爆炸聲響起。從月台仰望天空，區公所爲白夜祭準備的煙火開始放了。規模不大卻閃耀著金黃光輝，宛如太陽的煙火直衝天際。

早生夫妻擔心麵包店的情況，野原町區公所精心準備的煙火，他們只看了兩、三發就匆忙回去了。

留在原地的我直視著槇乃，忍不住調整眼鏡，想將她潔白浴衣的打扮看得更清楚。下一秒，我愣在原地。

「南店長，那件浴衣……」

原本以爲清爽的白色浴衣上，是用《怕寂寞的克尼特》裡白夜天空的沉穩藍色繪出花紋，靠近一看，才發現那不是圖案，而是文字。毫無設計感地隨便寫著「金曜堂」三個大字。

槙乃拉起那件令人遺憾的——除此之外我實在不知道怎麼形容——浴衣袖子，洋洋得意地在我面前轉圈圈。

「這是白夜祭專用的『金曜堂』特製浴衣。我先設計好，再請人做的。好不容易趕在昨晚完成，我還特地早退去拿。」

意外得知她昨天提早下班的理由。「每個人都有，你待會回去也穿上特製浴衣吧。」槙乃微笑說出驚悚的發言。

煙火發出轟然巨響，我和槙乃同時抬頭，凝望著夜空。我鼓起勇氣開口：

「南店長，今天早上我說得太過分了，對不起。」

不知道槙乃此刻是什麼表情，我逕自往下說：

「讀了《怕寂寞的克尼特》，再陪知晶小姐跑這麼一趟，我終於明白。過去的事實和一個人的內心，是其他人再怎麼努力都無法改變的。妳是對的。」

「倉井……」

聽見槙乃略帶沙啞的聲音，我應了聲「是」，收回目光。

「還有，南店長那句話背後的含意，我應該也懂了。我們沒辦法改變他人的內心，但自己內心的大洞，可以自己補起來。這樣一來，或許能影響身邊的人，去改變自身的內心——南店長，當時妳想表達的是這個意思吧？」

幾枚煙火彷彿現在才想起要出發似地竄上天空，流光如垂柳般四散。一縷髮絲落在面頰上，被煙火的光染成金色，槙乃朝我走近一步。

「倉井，你知道《怕寂寞的克尼特》原本的書名嗎？」

槙乃那雙大眼睛定定注視著我，似乎泛著水光，顯得格外閃亮。

「不，我不知道。」

「在繪本最後的空白頁下方，用小字寫著：

《Vem Ska Trösta Knyttet?》

翻譯成日文，意思大概是『誰去安慰克尼特？』。」

「是這樣嗎？」

「就是這樣。以前『星期五讀書會』選《怕寂寞的克尼特》當指定讀物時，注意到原書名的人，就是五十貝。」

槇乃的目光，投向比我瞬間僵硬的肩膀更遙遠的地方。

「因此，他極力主張：『這繪本要講的是，靠自己塡補內心大洞的重要性，才不是一般的戀愛故事。』」

我啞聲問，槇乃搖頭。

「南店長，妳……預料到我的解讀方式會跟迅一樣嗎？」

「我只是暗自祈禱，希望你會這樣去理解，才能幫助知晶。」

我的祈禱成眞了，槇乃微笑道。

迅仍活在槇乃的心裡。她依然深感悲傷。我不能一廂情願地想改變這項事實。我暗暗告誡自己。問題是，我該拿自己的心怎麼辦？我不願困在恐懼中。

——採取行動，仔細觀察，用心理解。就像今天知晶示範的那樣。

煙火繼續奔向夜空，在這種時候——或許正因是這種時候——接連衝上天際，綻放光芒。每一朵煙花都美得令人泫然欲泣。

我遙想著從未去過的遙遠國度、從未見過的白夜祭，《怕寂寞的克尼特》裡的一句話忽然躍入腦海。

「格外美麗的夏夜，像是有魔法，給人一種不可思議的心情。」

我深切祈禱白夜的魔法，能持續引領自己脆弱的內心。

「回去吧。」

槙乃輕聲說道。我點點頭，與她並肩同行。一直走到天橋前，我才終於有勇氣開口：

「迅是突然過世嗎？他自己和周遭親友都沒有心理準備？」

「沒有，非常突然。」

槙乃沉著地回答，露出微笑。煙火恰巧停了，黑夜的陰影籠罩她的臉龐。柔軟飽滿的嘴唇好似動了，發出什麼聲音。

但我至今仍搞不清楚，我是真的沒聽見，還是聽見了，大腦卻無法理解？

槙乃先看向我，垂下眼，接著靠近我的耳邊說：

「他是被殺害的。」

這次我聽清楚了。聲音傳入耳裡，不過我沒辦法理解那是什麼意思。

野原高中畢業紀念冊上，迅那惹人喜愛的笑容，和「被殺害」這幾個字完全連不起來，無法組合成有意義的資訊。更何況，這句話和我幾乎每天都會碰面的「金曜堂」成員，應該根本八竿子打不著。

「啊？」

我的聲音在顫抖。大半臉龐依然掩沒在黑夜陰影下的槙乃，淡淡地繼續道：

「五十貝是被殺害的，而且是兩次。」

隨著煙火的施放，夜色益發漆黑濃重，槙乃追過我，率先踏上通往天橋的階梯。夾進腰帶的浴衣下襬，露出異常白皙的腳踝。那樣的白，彷彿將這世界上的一切都排除在外似地發著光。

第3章

夏季短暫，勤奮讀書吧

我似乎是在吃毛豆鹽味麵包時不自覺嘆氣了。

「麵包不合你的口味嗎？」

一道戰戰兢兢的聲音響起，我慌忙回頭。麵包店「克尼特」的老闆娘知晶用托盤端來一杯飲料，杵在原地。紮起頭髮再綁上紅色方巾的她，本就下垂的眼尾此刻更向下掉，今天也看起來很無辜。

「沒這回事，非常好吃。」

「那就是有心事了。」

知晶將玻璃杯放到軟木杯墊上，語氣極輕，卻肯定地說。

我灌下一大口李子汽水，將差點鯁在喉嚨的夏季限定麵包沖進肚腹，搖搖頭。

「並沒有。」

「年輕眞好啊，倉井。呵呵呵。」

「不是吧，妳在『呵呵呵』什麼……」

呵呵呵呵，知晶笑到連淚痣都在晃動，我招架不住，只好從窗邊櫃檯轉向她，硬是改變話題：

「攝影書籍增加了不少耶。」

我推推眼鏡，指向結帳櫃檯旁的書櫃。質感溫潤的木製書櫃十分適合「克尼特」的裝潢風格，除了原先的繪本和兒童雜誌，料理或餐桌擺盤的攝影集逐漸增加。我剛才要來休息時，也順便從「金曜堂」帶了兩本新出版的攝影集。

大約兩週前，知晶因一場意外插曲和我一起參加雜貨攝影的講座，或許因爲當時一切順利，她萌生濃厚的興趣。

「這陣子我老公每天晚上都在思考秋季的限定商品，我想把新麵包的照片也放上官網，必須好好研究怎麼拍最吸引人。」

「這就是所謂的夫唱婦隨呀。」

我現學現賣地說出最近在書上看到的成語，知晶雙手抱住托盤，略帶羞怯地笑了。確定知晶走進結帳櫃檯後，我又轉向窗戶。知晶說我有「心事」，其實說中了。

——五十貝是被殺害的，而且是兩次。

自從和雜貨攝影講座同天舉行的野原町白夜祭以來，這句話就縈繞在我的腦海中，揮之不去。

我百般煩惱（老實說，是因害怕而遲疑）的結果，直到這個星期一才終於鼓起勇氣，在網路上輸入「五十貝迅」的全名進行搜尋。

螢幕上立刻跳出一長串連結，我逐一往下看，最後居然發燒了。幸好睡一覺就退燒，但整夜都在做惡夢，流了滿身汗。

到頭來，白夜祭那晚，槇乃在煙火施放空檔的寂靜黑暗中訴說的那句話，究竟有什麼含意，還是得直接詢問本人。我不禁深感後悔，早知道就不要在背地裡偷偷打探消息。現在每次到「金曜堂」上班，每次跟槇乃、和久或栖川交談，網路汪洋裡的字字句句就會躍入腦海，令我痛苦不已。

「不好意思……」

一名頭戴登山帽的老先生在我旁邊放下托盤，上頭有紅豆小餐包和紙盒牛奶。「克尼特」的客層遍及男女老少，店裡人潮總是絡繹不絕，但在這座小吧檯，就算想講客套話也算不上寬敞，不適合久留。我點頭回應他，一口氣喝完李子汽水。差不多也休息夠了。

起身要離去時，老先生攤開的《Hot日報》的標題大字撞進我的眼底。

「前官房長官大谷遭捕倒數計時？」

還沒辦法逮捕他嗎？這才是我內心眞正的想法。自從《Hot日報》在梅雨季揭露刑事訴訟案的消息以來，報章雜誌、電視及網路上每天都能看到他的大名，然而本人卻一直祕密住院，實在不免令人懷疑，他是在故弄玄虛，逃避責任。連過去因他神似動畫或連續劇年長管家角色的外表，倍感親切而暱稱他「爺」的大批網友們，最近也都紛紛群起攻之。

大概是我盯著那個醒目標題太久了，老先生抬起頭，拉高帽緣，目光交替落在我和《Hot日報》上，神色一沉，點點頭。

「啊啊，看樣子正矩這傢伙就要被繩之以法了，最近又爆出違法支付祕書薪水之類的問題，涉案愈來愈多——雖然會不會被捕還要看物證，但眞是丟臉到家了。」

「正矩？」

「嗯，我和他國小、國中都是同學。他的頭腦聰明、跑得快、棒球強，又瘦又高，還長得很帥，老是在看書。國小、國中時，那傢伙就是——不對，就算他當上政治家以後，也是我們野原町這些人心目中的英雄。」

老先生搖頭惋惜，咬了一口紅豆麵包。

這麼一提我才想起，大谷正矩身爲政治家的起點，就是在他出生成長的故鄉——野原町，擔任町議會議員。這裡仍有會直呼其名的幼時同學，他知道嗎？

戴帽子的老先生翻頁時，我走出「克尼特」。

休息結束，我穿上制服圍裙走上天橋，剛從下行電車出來的幾名乘客走進「金曜堂」。「金曜堂」是大和北旅客鐵道蝶林本線的野原車站裡的一家小書店。

各自物色書本的客人當中，我的視線受到一名有點年紀的女性吸引。原因很單純，她最惹人注目。那鮑伯頭髮型怎麼看都是紫色，十分鮮豔，目光不自覺就會飄過去。

下一瞬間，她轉向結帳櫃檯，我們四目相接了。小巧臉蛋上掛著一副大圓框眼鏡，相當適合她，非常有個性。我立刻點頭致意，她朝我揮了揮手：

「不好意思，小伙子，你可以過來一下嗎？」

我盡可能精神抖擻地應聲「好」，走出結帳櫃檯。

等我過去，對方單手捏著圓框眼鏡的鏡框，從腳到頭打量了我一番，面露微笑。那張櫻桃小嘴旁，符合年齡的細紋皺了起來。

「我找不到想買的書。」

「請問您知道書名或作者嗎？」

「嗯，這個嘛……」

她偏著頭，紫色鮑伯頭有一撮髮絲拂過臉頰。

我手放在腰際，環顧店裡。槙乃在倉儲室忙著訂書，另一名書店店員和老闆則待在與書區相對的茶點區。橘色復古燈罩下，身形纖長站在吧檯裡的是栖川，坐在對面高腳椅上看文庫本的金髮小平頭是老闆和久。

有一瞬間我和栖川對上眼，但他似乎沒有走出吧檯的意思。這是對於特別不擅長招呼客人的工讀生，善意卻嚴格的指導方針嗎？

我放棄求援，努力回想槙乃在這種時候會怎麼做，才開口：

「那麼，請把關於這本書的資訊都告訴我，什麼事都可以。」

「什麼事都可以？」圓框眼鏡後方的雙眼睜大了。

「對。像是在報紙或電車廣告上看到的時期、哪位名人推薦過，或是封面的顏色、角色的名字、故事情節，什麼都可以。這些都會成為找書的線索。」

我有樣學樣地照著槙乃平常的話說，鮑伯頭的女客深深點頭。

「不愧是書店的店員，是書的專家呢。」

「咦？我沒有，這太——」

「那我要說嘍。那本小說裡，出現好幾本眞實存在的書名，包括《失落的世界》（註一）、《基度山恩仇記》（註二），還有……」

她望著天花板，「嗯——」地沉吟好幾聲，洩氣地垂下肩膀。

「抱歉，應該有更多本書，但我現在想不起來。」

「沒關係，兩本也是很大的提示了。」

嘴上這麼回答，但連這兩本書名我都是初次聽見，只好慌忙從圍裙口袋掏出小筆記本寫下來。

對方一直盯著我的手，忽然挑眉拍手。

「對了，還有出現『**所有的書都是相連的**』這句話。」

「好，相連的……」

糟糕，在我腦中半點都連不起來。跟炎熱天氣無關的汗水泉湧而下，眼鏡都歪了。我說著「請稍等」，打開倉儲室的門。

倉儲室裡，槇乃正好要結束下訂單的電話。

「好，九月一日會到經銷商那邊，對吧？我知道了。啊，方便請教你的姓名嗎？……對。那麼，後藤小姐，後續就麻煩妳了。」

槇乃面向牆壁深深一鞠躬，掛上電話後，依然坐在摺疊椅上，抬頭回望我。

「倉井，怎麼了嗎？」

我盡量簡短說明情況，把寫著那名女客說的書名和書中句子的筆記本遞給她看。

「《失落的世界》、《基度山恩仇記》、『**所有的書都是相連的**』……」

槙乃用手指捲起髮絲，陷入沉思。沒多久，她臉龐一亮，手指抽離頭髮，站起身。

「如果是那本書，店裡的書櫃上就有。」

槙乃颯爽走出倉儲室，我慌忙跟上。

客人可能等累了，已移動到吧檯。

茶點區沒有其他客人，她便抓著和久及栖川天南地北地聊起來。

找到那本書的槙乃和我靠近後，和久冷不防瞪大內凹的雙眼，問：「找到了嗎？」看來，客人已告訴他們此行的目的。

「找到了。」我點點頭。槙乃單手拿著書，收起雙臂在胸前交叉，接著朝左右揮開，快活大喊：

「這位客人，讓妳久等了，歡迎光臨『金曜堂』！」

註一：英國小說家柯南．道爾於一九一二年寫下的科幻小說，描述一組探險隊在南美洲一個與世隔絕的高原，發現了一些史前生物的故事。

註二：法國文豪大仲馬的經典小說，於一八四四年完成，經常名列各時期最佳小說榜。描寫一個含冤下獄的人，在越獄並獲得巨額財富後，對當初迫害他的人復仇的過程。

槙乃這套書店少見的浮誇迎賓法，客人多半都會嚇到。紫髮女客也不例外，她單手捏住圓框眼鏡的鏡架，雙眼眨也不眨地牢牢盯著槙乃。

「妳是……店長？」

「對，我姓南，是本店店長。」

槙乃比了比墨綠色圍裙上的名牌，一鞠躬，恭謹遞出文庫本，說了聲「請看」。

「啊，原來是《春宵苦短，少女前進吧！》。」

和久用力拍了下大腿，栖川貌似微微懊惱，咬住下唇。看來，兩人也和我一樣從客人口中聽說那些線索，卻沒能想出書名。

「如果說是京都愚蠢男學生的戀愛故事，我一秒鐘就會想到。」

「和久，那是你自己的解釋吧。」

和久一臉挫敗，槙乃出言勸慰。

話說回來，看到槙乃從書櫃抽出的那本書的封面，我也不禁「啊」地輕呼。寫著宛如廣告標語的書名、繪有可愛女孩的這個封面，我在結帳時看過好多次。每次都想著下次要找來讀。

「啊啊，對，就是這本。我家有單行本，最近想要方便攜帶的文庫本才過來買，沒想到卻把書名忘得一乾二淨——年紀大了真是麻煩。」

紫色頭髮的女客面露苦笑，輕輕接過文庫本。

「妳方才提示的那些書名是出現在哪邊呢？」

槇乃詢問，對方俐落地翻開書頁，比給她看。

「父親大人曾對我說，如果像這樣抽出一本書，舊書市集就會像一座大城般浮在半空中，因為所有的書都是相連的。」

從這句話開始，後面其實還依序列出了《夏洛克．福爾摩斯全集》（註一）和許多書名，最後更提及《織田作之助全集》（註二）的缺漏本和作家之間的種種關聯。在舊書市集一隅，一口氣解說完這段內容的場景，是令愛書者熱血沸騰的名場面。就連不常閱讀，尚未看過這部作品的我，也認爲書中說的**「書串連成的書海」**十分浪漫，不禁心生嚮往。

——這本書，我今天一定要買回家。

我暗自下定決心，旁邊的槇乃微笑問道：

註一：英國小說家柯南．道爾創作的系列偵探小說，以私家偵探福爾摩斯為主角。

註二：織田作之助為日本知名作家，擅長以粗淺方言描寫大阪庶民生活，與太宰治、坂口安吾並列日本文學無賴派三巨頭。

「妳喜歡森見登美彥（註）的作品嗎？」

「對，非常喜歡。雖然沒有每一本都看過，但《太陽之塔》、《四疊半神話大系》、《企鵝公路》和《情書的技術》我看過好多次。啊，當然《春宵苦短，少女前進吧！》也是。」

女客連續舉出好幾本書名之際，書區那側的自動門打開，一名客人走進來。

槙乃說「請慢慢看」，要轉身回去工作時，女客叫住她。

「啊！那個……我還有一本書想請妳幫忙找。」

「好，請問妳知道書名嗎？」

女客雙手按住下緣整齊的鮑伯頭，搖了搖頭。

「不知道，完全沒頭緒。線索只有一個，是能讓我感到輕鬆的書。」

見我們忍不住面面相覷，女客那張櫻桃小嘴微揚。

「聽我老公說，來這家書店就『能找到想看的書』，可以麻煩你們幫忙嗎？」

槙乃抬手制止互使眼神搖頭的栖川與和久，向前踏出一步。

「當然沒問題。只是，我需要先跟妳瞭解一下那本書。不過今天店裡忙，營業時間內不太方——」

「如果你們不介意，我可以打烊後再來。」

「可是，那時就沒有電車——」

「沒有電車，搭計程車就好啦。當然，你們幾位的計程車錢我也會出。」

女客按住圓框眼鏡，優雅承諾，甚至低下頭請求「拜託，我急著要」，紫色短髮前後晃動。

槙乃眨了眨卷翹的睫毛，凝望對方片刻，終於點頭。

「我知道了，我會先向野原車站的站務員說明緣由。不好意思，請問妳的大名是……？」

「叫我靜佳就好。」

「那麼，靜佳女士，今天晚上十點過後，我們在茶點區碰面。」

槙乃爽朗地點頭致意，走向書區。靜佳女士一直注視著她的背影。

註：日本小說家，與同樣畢業自京都大學的作家萬城目學並稱「京大雙壁」。作品多以京都為背景，並將光怪陸離的幻想融入故事中。

✿

星期五，野原車站平日不使用的三號線月台亮起燈。靠站的臨時列車形形色色，通常也是野原車站的最後一班車。

這一天的臨時列車，是去森林露營的孩童們搭乘的特急電車。家長持月台票進站，紛紛牽起累壞了一臉愛睏的小朋友，魚貫經過天橋，朝驗票閘門走去。其中有幾個小朋友的目光落在「金曜堂」書櫃的漫畫上，但並未來結帳。

目送最後一對親子離去，確定三號線月台的燈光熄滅之後，我拿起剛買的文庫本步向茶點區。

靜佳女士坐在吧檯前的高腳椅上，左右分別是槙乃與和久，他們已準備開始談話。栖川一如往常在吧檯裡準備餐飲，並端上來。

我剛要在槙乃旁邊的高腳椅坐下時，和久銳利的目光掃來。

「完成清帳了嗎？」

「完成了，也掛出打烊的牌子。」

「嗯，那你坐下吧。」

他像在跟自己養的小狗講話。我覺得有點丟臉，在高腳椅上坐下。槙乃漂亮的髮旋正對著我，她問靜佳女士：

「最後一班電車已發車，真的沒關係嗎？」

「不用擔心我。倒是今天耽擱到你們的時間，我比較不好意思。」

靜佳女士一低下頭，栖川彷彿一直在等這一刻，隨即從吧檯裡端出擺好四個玻璃杯的托盤。杯中是淺橘色的透明液體，不斷有細小泡泡咻咻冒出來。

靜佳女士比誰都快反應過來，拍了下手。

「好棒！這是『**偽電氣白蘭**』？真的嗎？」

栖川細長的藍眼睛滿意地眯起，微微點頭。

槙乃轉過身，翻開我的文庫本。她纖纖手指比的地方，寫著那杯飲料的說明。

「杯中的偽電氣白蘭清澈如水，似乎隱隱帶著一絲橙色。」

不就是這種飲料嗎？我睜大雙眼。

「裡面沒有酒精。我在汽水裡加進一點芒果汁，剩下的就靠這個。」

栖川指的是，垂吊在吧檯上的復古橘色燈罩。他的意思約莫是，燈光讓飲料看起來更像橙色吧？

儘管謎底揭曉，靜佳女士依然十分感動，拿起玻璃杯大口喝下。

「好喝，今天一直覺得喉嚨很乾。」

她甩甩頭髮，呵呵笑著，以青筋滿布的手來回輕撫自己買的文庫本封面。那張櫻桃小嘴深深吐出一口氣。

「森見老師的書我每本都很喜歡，不過《春宵苦短，少女前進吧！》是特別的。」

靜佳女士忽然改用關西腔，抬頭觀察我們的反應，笑道：

「其實，我也是在關西出生長大。我就讀的大學，正是作品裡那所有鐘塔的京都學校，因此會讓我想起自己的『**黑髮少女**』時代，眞是令人感慨萬千。」

我盯著文庫本封面上少女細緻的側臉足足五秒鐘，才抬頭看向靜佳女士。儘管她的時尚品味奇特，面貌卻流露出高雅的氣質。只是，到底要從哪裡找出「少女」的痕跡呢？這實在太難爲我了。

或許是現場的沉默令人不自在，靜佳女士輕輕握住鮮紫色的頭髮。

「我二十歲的時候，頭髮可不是這種顏色。」

在關西出生長大的靜佳女士，如今似乎反倒用慣東京腔了。

槙乃啜飲一口汽水，側著頭問：

「靜佳女士，如果妳是『**黑髮少女**』，那『**學長**』是誰呢？」

槙乃和靜佳女士的視線在空中交會，靜佳女士說「妳問得眞直接」，聳了聳肩。

「我的『**學長**』——他跟我讀同年級，卻大我兩歲，我眞的都開玩笑叫他『**學長**』。」

靜佳女士很快回答，彷彿早就在等人問起，話語毫無滯礙地流淌而出。

槙乃與和久迅速互望一眼。連我都能猜想到，這些話和靜佳女士想看的那本書有關。

「你們願意聽聽我的春宵故事嗎？」

「好。」我、槙乃與和久異口同聲回答，栖川則往靜佳女士面前的空玻璃杯注入「金曜堂」特製的「**僞電器白蘭**」。

❀

每次我告訴別人，我的大學入學考，不是在大學的教室裡考，而是在寬闊的市立運動場上搭建的組合屋裡考，大家通常都以爲我在開玩笑，但這是眞的。

空前絕後——啊，以前是不曉得啦，我們學校應該只有那一年將考試會場設在寒風不斷竄入縫隙的組合屋。當時，校園內到處都因學生運動用拒馬封起來，絕非考生能夠進入的狀態，逼不得已，只能採取這種應變措施。

我第一次遇見學長，就是在運動場上的臨時考場。我們的准考證號碼恰巧相連，學長在前，我在後。

我對學長的第一印象應該是——不倒翁。

這和他的外表沒有任何關係，只是因爲考到一半時，從學長的座位滾來一個紅通通的不倒翁，我才留下這個印象。

《春宵苦短，少女前進吧！》裡用「**蘋果大小**」來形容不倒翁，但我看見的是更小一號、連女性也能握在掌心的迷你不倒翁。我腦袋冒出的念頭和書裡一模一樣，「**不倒翁也是圓圓的呢**」。

不倒翁滾動的速度很快，不趕快擋下來就不曉得會滾去哪裡，因此我立刻用鞋底踩住。居然用腳去踩祈求吉利的不倒翁，我感覺有點心痛，也有點無措，但考試時總不能發出窸窸窣窣的聲響，彎身到桌下吧？要是監考老師懷疑我作弊，請我出去，那我不就完了？想來想去，我只好一直踩著那個不倒翁。

一考完試，我就戳了下前面座位那個人的後背。那男生回頭時面無表情，但一瞥見我拿出的不倒翁，頓時綻放笑容，不好意思地搔搔頭。

「啊，妳幫我撿起來啦？謝謝。我用橡皮擦時，它從口袋掉出來，我以爲要跟它永別了。」

「這個不倒翁對你很重要嗎？」

「嗯，這是我的護身符。我在老家附近的神社買的，是保佑金榜題名的不倒翁護身符。」

「你講話的方式有點耍帥耶。你是東京人嗎？」

他點頭回答「但我不是東京都民」，臉上依然掛著微笑。接著，他神色自若地告訴我，他很想讀東大，已重考第二次。

「可是，今年東大不是礙於學生運動餘波盪漾，中止招生考試了嗎？我實在沒膽重考第三次，何況錢也不夠。於是我轉念一想，不如來關西讀書。」

聽大兩歲的學長陳述自身境況，我不禁略感同情。即使重考兩次也想讀的學校竟然中止招生，就算是天災這種理由也很難接受，更何況是學生運動——根本是人禍嘛。

我莫名想說點什麼鼓勵他——我當然很清楚自己還在考試，根本沒有餘力鼓勵別人，可是，我注視著端坐在學長掌心的不倒翁，很肯定地說「沒關係，這次一定會考上」。

「咦，妳怎會知道？」

「因爲這個不倒翁代替學長落在地上，幫你消災除厄啦。」

學長「哦」了一聲，直直望著我，鏡片後的雙眼炯炯有神，我頓時感到一陣難爲情。接著，學長大喊：

「啊啊，不倒翁有眼睛了。」

循聲望去，學長手裡的不倒翁，眼睛的位置剛好沾到土，看起來就像有了黑色瞳仁一樣。約莫是我用鞋底踩住時黏上去的吧？

「這樣一來，妳一定也沒問題，包準妳考上。」

在呼出的氣息全都會化成白霧的考場裡，我和學長相視而笑，內心雀躍不已。進入這所大學後，主修的經濟學自然要認眞學習，除此之外，平常的學生生活中，個性鮮明多元的師生自由奔放的思考方式，一定能帶來各種刺激。應該會發生許多有意思的事吧？我深信不疑。

拜不倒翁所賜，我順利考上了。

只是，不曉得哪一派的學生闖進來搗亂，開學典禮才進行十秒鐘就不得不喊停，以鬧劇開場的大學生活，只能用「若有似無」來形容。眞的是沒課可上。老師進不了教室，學生也進不了教室。明明是自己的學校，連大門也進不去。

投身於學生運動的那些人想必有一套自己的主張和道理，但我一心只想過普通的學生生活，卻無法如願。

我閒到發慌，實在不得已，只好開始散步，在京都的大街小巷穿梭。

由於這個緣故，和學長第二次相遇也不是在大學校園，而在京都市區。我走在櫻花紛飛的哲學之道時，偶然碰見他。

「哎呀，眞是奇遇。入學考時，謝謝妳幫我撿不倒翁。看來它同時保佑了我們兩個。」

「你說『我們兩個』——哦，學長也考上了那所大學嗎？」

「託妳的福，順利考上了。對了，不要叫我『學長』啦，我們算是同年級吧？」

「你不懂，『學長』是對同年級朋友表達親近之意的暱稱。」

學長鏡片後方的眼眸閃了一下，重新端詳我。

「哦，妳叫什麼名字？」

「竹宮，竹宮靜佳。」

「那麼，竹宮，既然我們都在京都了，不如一起散散步吧？」

後來，我就經常和學長一塊散步。從吉田山穿過眞如堂再走進金戒光明寺，在法然院和南禪寺閒逛，去錦市場買美味的醃漬物，登上京都鐵塔，思考宛如棋盤方格的京都街道該如何重新配置才能畫出一張有趣的地圖，搭乘叡山電車去鞍馬山尋訪天狗——每天都絞盡腦汁想著要怎麼歡度不用上課的日子，徹底玩遍京都。

只可惜，我們兩個大一新生最想去的地方，其實是當初拚命考進來的學校。

開學後一堂課都沒上到就放暑假了，我和學長自然都心情低落。自己到底爲什麼來京都？當初爲什麼去考試？現在該怎麼辦才好？在炎夏的悶熱盆地裡，無時無刻不思索著這些問題。

「竹宮，妳知道鐘塔那個鐘的傳聞嗎？」

學長吃著包有大納言紅豆餡的京都名產阿闍梨餅，問我這個問題，是九月中旬以後的事。我立刻就知道，他又想到什麼有趣的主意了。

「學校鐘塔的那個鐘嗎？聽說年久失修，不會響了。」

高聳天際的鐘塔上，巨大的白色鐘面十分醒目。我回想著那棟紅磚建築的外觀，側頭回應。

「嗯，但我聽說偶爾會在半夜響十三下。」

「眞的假的？」

「有些學生在傳。他們還說，聽見十三聲鐘響的人，就能獲得鬥爭的勝利。」

「咦，這什麼啦？」

「不用太在意，多半是那些因學生運動累壞了的人放出來的謠言。」學長滿不在乎地聳聳肩，鏡片掠過一道光芒。

「如何？我們要不要讓傳聞成眞，敲鐘十三下？」

「啊？事情怎會變成這樣？」

我慌張起來，學長微微一笑。

「竹宮，我受夠了。頭腦是拿來幹什麼用的？不就是爲了想辦法消除內心的不平，爲了思考如何才能淡化人人心中的怨氣嗎？我們有耳朵，並非是要讓我們乖乖跟在某個大嗓門的人的屁股後面走，而是要聆聽多方意見，整理出自己的想法。所謂的大學校園，不就該是像這樣能獨立思考、果敢行動，嘗試各種事物的地方嗎？爲什麼必須穿著同樣的衣服，大喊向右看齊的口號？爲什麼要受他人煽動，放空腦袋盲目跟隨其他人前進呢？這樣一來，不是和那場戰爭一模一樣嗎？沒經歷過戰爭的我們，一點教訓都沒學到，這樣對嗎？——這些道理，我一直希望能透過不高舉武鬥棒，不用擴音器，不必劍拔弩張，也無須認定誰是惡人的方式傳達出去。我想到的方法，就是鐘聲。」

他熱血澎湃地主張，實在看不出是方才還滿腦子想著，怎麼用阿闍梨餅煮紅豆麻糬湯的人。不過，想必那滿腔熱血，早在和我一起漫步京都街頭時——不，從更早之前起，就一直在學長心底燃燒吧？

親眼見識到學長內心的炙熱，我不禁睜大雙眼。他的表情很快回復平常的淡然。

「生活難熬時，最需要的就是幽默感——獨創性。我來京都後，深深體認到這一點。因此，我想敲響那座大鐘，敲醒自以爲充滿理念，高呼著口號，其實只是在仿效他人意見、找不到出路的大家。竹宮，我們應該跨過拒馬，讓那個充滿象徵意義的大鐘響十三下，把大家都能獨立思考、表達眞實意見的大學校園找回來。」

「學長，這是你的戰鬥嗎？」

「對，是一場戰鬥。」

「我懂了。我想讀的也是這樣的學校，算我一份。」

接下來的日子，我們極爲認眞地準備，連鐘塔的設計圖都設法弄到手。要代替鐘聲響十三下的，是叫賣豆腐用的喇叭。從鐘塔傳來豆腐店的喇叭聲，不僅出人意表又具獨創性，於是就此定案。

當天深夜，我和學長戴上安全帽，用毛巾掩住臉，刻意打扮得和大家一樣，走進大學校園。令人訝異的是，沒人阻攔我們。

鐘塔所在的那棟建築，也有許多參與運動的學生，但打聲招呼就讓我們過去了。事已至此，無法回頭。我和學長拿出破釜沉舟的決心，擺出好似從一百年前就握著武鬥棒的壯烈神情，一步步向裡頭走去。

沿著早已烙印在腦海的設計圖往前走，沒有引起任何人注意，成功打開通往鐘塔那扇門時，我們興奮極了。

一想到「待會就要在這個黑漆漆的夜裡，高聲吹響豆腐店的喇叭了」，內心便期待不已。這份期待和在入學考時的心情——「進入這所大學之後，應該會發生許多有意思的事吧」，一模一樣。

豆腐店的喇叭聲音夠響亮嗎？這一點連我都不曉得。

因爲，我和學長在這場戰鬥中的好運，只到這一刻爲止。

一步步爬上近百級不斷迴轉的階梯，踏入鐘塔核心的小房間時，裡面已有人。後來我們才得知，那些參與運動的學生獲知機動隊警察準備強攻校園，好幾天前就駐守在鐘塔上。

連日緊繃的疲憊，導致那些人臉色黯沉，雜亂小屋中只見他們的炯炯目光。他們詢問我和學長：

「你們是誰？間諜嗎？」

學長立刻要搬出事先想好的說詞突破重圍，但可能是一時慌亂，豆腐店的喇叭從口袋掉出來，反倒引起對方的懷疑。見情勢不妙，我們拔腿就逃。

沒被那些人逮住，簡直是奇蹟。

不過，雖然從那些學生手裡逃出來了，我和學長跑出小房間的門時，卻被打算衝進去的機動隊警察抓個正著。

❁

一口氣說完，靜佳女士「呼」地吐出一口氣，用第三杯「僞電氣白蘭」潤了潤喉。

「我和學長分別被帶到不同的拘留所關了一天。儘管說破了嘴，但我是那套安全帽打扮，出現在現場，又真的是那所大學的學生，根本逃不掉。那些警察從一開始就懷疑我們，也不隱藏對我們的敵意，就算向他們解釋我和學長那天晚上去鐘塔的真正原因，恐怕只是白費力氣。」

機動隊警察解除鐘塔的封鎖後，靜佳女士那所大學的學生運動——儘管火種尚未完全熄滅，情況已逐漸受控。那年秋天，逐漸有少數課程恢復上課。在年底前，所有學院都取回了學院大樓的掌控權。除了在拘留所被狠狠罵一頓之外，靜佳女士和學長並沒有留下前科，平安回歸普通的學生生活。

「不過，我不曾向家人，或者後來在學校結識的朋友提起那一晚。好似魔法消失，我忽然搞不懂何謂獨創性，失去興趣了。不管做什麼，我都覺得很蠢。之前明明那麼嚮往大學生活，眞的開始了，我卻對上課或交朋友都提不起勁，一眨眼四年就過去了。在那之後，我和學長仍保持聯繫，但再也不曾漫無目的地在京都巷弄穿梭。畢業後，我們各自回到老家。學長依舊是那個聰明可靠的男人，不過，一年級春季到夏季之間，他身上那種閃閃發光、傻瓜似的獨創性，已深深埋藏起來。我好像就是割捨不下學長眞切展現過的那種生命力，盼著有一天能再見到當時的學長，才一路相隨至今。」

「至今？」

我與和久齊聲反問。靜佳女士原本望向遠方的目光，拉回我們身上。那張櫻桃小嘴揚起微笑。

「學長現在是我的老公。」

「你們是何時結婚的呢？」

槙乃柔聲問。靜佳女士扳著手指數了起來，呼出一口氣，搖搖頭。

「實在過了太久，想不起來。畢業後的時間不是都過得飛快嗎？我們在他的老家舉行一場小型婚禮，一起生活快要五十年了。我們是會聊天交流的夫妻，但那天夜裡的事，誰都不曾再提起。」

靜佳女士又逐漸從關西腔變回東京腔。

「算起來，那是我們第一次遇上挫折。」

安靜無聲的店內，只有時鐘指針挪移的聲響。年輕的靜佳女士和學長的身影，彷彿朦朧浮現在夏夜中。崇高理想慘遭踐踏後的漫長歲月，他們一路走來，究竟是如何與這個世界戰鬥的呢？我想問，但率先打破沉默的是靜佳女士本人。

「以上，是受挫版的『**方便主義者如是說**』。怎麼樣？聽了故事後，你們覺得有機會找到讓我感到輕鬆的書嗎？」

我們互望一眼，這才想起聆聽這段話的緣由。訴說往事的過程中，靜佳女士真的看起來就像個紫髮少女。是這個緣故嗎？她的雙肩彷彿因穿越時空的疲憊而下垂。

「剛才妳說『第一次遇上挫折』——在那之後，你們夫妻也曾遇上足以稱爲挫折的經驗嗎？」

和久詢問。靜佳望向店裡的時鐘，噘起那張櫻桃小嘴，輕輕吐出一口氣。

「在我繼續往下說之前，要請你們先找出隱藏在書海中的眞相。」

聽見她有如謎語般的回話，我、和久與栖川都立刻看向槇乃。閱讀品味絕佳，擁有強大直覺，又博覽群書的「金曜堂」店長，好奇地睜大雙眼，傾身向前。

「隱藏在書海中的眞相嗎？」

「妳願意接受挑戰嗎？」

「願意。靜佳女士，那個眞相就是找到妳想看的書的關鍵吧？」

槇乃毫不遲疑地回答。靜佳女士望向她的神情，像是此刻的她非常耀眼。靜佳女士清了幾次喉嚨。

「那我要開始說嘍，請記下來——小林信彥的《奇怪的男人　渥美清》、星新一

（註一）的《愛管閒事的眾神》、三島由紀夫的《太陽與鐵》、小林秀雄（註二）與岡潔合著的《人類的建設》、東海林禎雄（註三）的《大口吃松茸》、糸井重里和湯村輝彥合著的《再見企鵝》、大岡昇平的《野火》和東山彰良的《流》——以上八本。」

我還在拚命抄寫書名時，靜佳女士以超乎她年齡的輕盈身姿下了高腳椅。只見她拿起包包，理順衣服，從架上撕下紙巾，寫上一串電話號碼，交給和久。

「要是找到眞相，請打電話給我。我等你們。」

最後一句話，聽起來近乎懇求。

「這是什麼情況？」

靜佳女士在站務員的指引下離去。書店裡，和久頻頻眨動凹陷的雙眼，用力搔了搔他的金髮小平頭。棲川洗著杯子，偏頭陷入沉思。我悄悄望向槇乃，她雙眼圓睜，彷彿忘記要眨眼。

「倉井，眞相會是什麼呢？」

她突然指名道姓地把問題拋過來，我不知所措地推推眼鏡。

「唔，會是什麼呢？話說回來，剛才那八本書，我大半都沒看過……」

「她自以爲在玩一場具獨創性的腦筋急轉彎吧？喂，南，妳打算陪閒閒沒事幹的老人家玩到什麼時候？」

「既然要幫客人找書，當然是陪到最後啊。我希望大家也能幫忙。」

槇乃理所當然地回答，燦爛一笑，目光掃過我們幾個。

「《奇怪的男人　渥美清》、《愛管閒事的眾神》和《太陽與鐵》，這幾本書的關聯是什麼？和久，交給你了。你喜歡星新一吧？」

「嗯，是啦。中學遇見星老師的作品後，我才開始看書的。《愛管閒事的眾神》我大概看了五次吧。」

和久得意地說道。槇乃面露喜色，點點頭，目光移到我的身上。

「《太陽與鐵》、《人類的建設》和《大口吃松茸》，由我來負責。之前我就一直很想看《人類的建設》，正好。倉井，《大口吃松茸》和《再見企鵝》的關聯性，可以拜託你嗎？這兩本書都有趣易讀，應該會看得滿開心的。」

註一：一九二六～一九九七，日本科幻小說家，擅長極短篇小說，也有寫實作品。
註二：一九〇二～一九八三，日本作家、文藝評論家。
註三：一九七四～二〇一四，日本漫畫家、散文作家。

我緊張地點頭。此時能倚靠的，只有槇乃的體貼和鼓勵的話語。

「《再見企鵝》、《野火》和《流》，栖川，就交給你嘍。先不管《再見企鵝》，《野火》和《流》都是結構完整、格局龐大的作品，你喜歡這種類型吧？」

「我又不是只看格局大的作品。」

「我知道、我知道，可是《流》在入圍直木獎之前，你就看過了吧？」

栖川點點頭，再次重申立場：「我是覺得似乎挺有意思才看的，不是因爲格局大。」

最後，槇乃拍了一下手。

「不好意思，要大家額外花時間，但就拜託了。」

於是，接下來幾天，爲了解決各自的難題，我們認眞看書，上網搜尋資料，工作以外的閒暇時間，也隨時惦記著「金曜堂」和靜佳女士的事。

❀

靜佳女士列出的書籍種類多元，涵蓋對談集、純文學、散文、推理小說和繪本。我負責的那兩本是飲食散文和繪本，可見槇乃在分配時經過妥善考量。

這兩本書都出版多年了，不過「金曜堂」的地下書庫有收藏《大口吃松茸》的文庫本和《再見企鵝》的復刻版，我便買回家看。正如槙乃所言，內容十分有趣，無論是哪個時代的讀者都能流暢翻完，享受閱讀的樂趣。打鐵趁熱，我順勢把《春宵苦短，少女前進吧！》也看完了。

只是，一旦要像自稱「**舊書市集之神**」的少年那樣，試圖將這兩本書和《春宵苦短，少女前進吧！》漂亮地連接在一起時，我才發現簡直難如登天。

不論在大學圖書館裡、在自家電腦前、在移動時，甚至在咖啡廳，我都單手滑著手機，嘴裡念念有詞地搜尋著各種關於東海林禎雄、「大口吃系列」、糸井重里和湯村輝彥的資料。

最後，好不容易找到一個人，串起了這兩本書。

我負責的書最少，花的時間卻似乎最多。隔週星期五，我一回報「找到了」，大夥馬上決定當天打烊後一起試著找出八本書的共通點。

營業時間結束，掛上打烊的牌子後，我們聚在懷舊橘燈下。

栖川預估這會是一場長時間的硬戰，於是端出玄米茶和烤飯糰。烤飯糰有美乃滋鮪魚、醃梅干、鮭魚，還有他在京都物產展上買的醃漬壬生菜等多種口味。

「『**米飯原理主義者**』的『**飯糰**』嗎？看起來也太好吃。」

和久直接伸出手。槙乃將盤子推向他，語調快活地說：

「順序應該滿重要的，我們按照靜佳女士說的順序來討論吧。」

和久表示「那就是我先啦」，兩三口吞下烤飯糰，從紫色西裝的內袋掏出記事本。

「《奇怪的男人　渥美清》的作者小林信彥，在一九六〇年左右以筆名『中原弓彥』擔任《Hitchcock Magazine》的總編輯。這本文學雜誌不僅刊登海外推理作品的翻譯及國內小說，也有汽車、爵士樂或手槍之類的文化特輯，據說吸引不少時下的年輕人。這位眼光獨到的總編輯中原弓彥，極力拜託當時才出道兩年的新銳作家寫極短篇，那個作家就是星新一。」

和久停頓片刻，觀察我們的反應，一邊啜飲玄米茶。

「據說星新一實質上的出道，要從〈性恍惚裝置〉這篇作品刊登在江戶川亂步擔任總編的雜誌《寶石》時算起。沒錯，這是第二次刊登，最初是收錄在星老師和朋友一起發行的日本第一本科幻同人誌《宇宙塵》。據說，和他一起創辦同人誌的這群朋友，也是他在日本飛碟研究會的夥伴。現在就驚訝還太早，這個研究會的成員居然有三島由紀夫，這樣就連接起來了。」

「咦，星新一和三島由紀夫因爲研究ＵＦＯ而有交集嗎？」

我的語氣肯定相當驚訝吧？和久蔦地睜大雙眼，噘起嘴：

「怎樣，你有意見嗎？這就是我查出來的連接點。他們還自行創辦刊物，收集國內外各種資料，看起來頗認真在研究。」

槙乃豎起食指，出聲插話：

「接下來，三島由紀夫剛寫完《金閣寺》時，和小林秀雄針對『美的形式』這個主題進行過一場對談。那場對談清楚顯露出兩人之間存在著巨大的鴻溝，但並非態度冷淡或疏遠，雙方反倒都發言直率，用詞精準，十分精彩。小林老師甚至大膽指出三島老師的小說《金閣寺》有某部分受到自己的藝術評論〈莫札特〉的影響，我看得都興奮起來了。」

一提到看過的書，槙乃就一副要講到天荒地老的架勢，栖川像是要提醒，以悅耳的嗓音詢問：

「《太陽與鐵》和《人類的建設》，這兩部作品的關聯是……？」

「啊，這個嘛，作品本身我沒發現什麼特別的關聯，下一本《大口吃松茸》也一樣……」

槇乃從圍裙口袋掏出《大口吃松茸》的文庫本，並抽出書籤。

「作者東海林禎雄在另一本書《庄司眼中的日本》裡，提到去見了在《人類的建設》這本對談集中，和小林老師對談的數學家岡潔。這樣看來，我猜有關聯的可能是作者……」

「啊，我負責的那兩本也是如此。」

我舉手站起。

「爲東海林禎雄的《大口吃松茸》寫解說的人，名叫南伸坊。這位南先生擔任漫畫月刊《GARO》總編輯時，曾主動詢問插畫家湯村輝彥『要不要幫我們畫點什麼？』。於是，湯村老師把當時經常合作的廣告文案寫手糸井重里一塊拉進來，開啓了日後被稱爲『企鵝吃飯系列』的創作。同時也催生出新企畫，最終發展成糸井老師的首部書籍作品，繪本《再見企鵝》。」

一股腦講完，我停下來喘口氣。「倉井，你居然能找到南伸坊，眞厲害！」槇乃拍手叫好。

「只剩最後兩本了嗎？」

和久說著，望向吧檯裡的栖川。我和槇乃也轉回正面。栖川停下擦拭餐具的手，吐出一口氣，神色自若地開口：

「負責《再見企鵝》文字的糸井重里，獨自營運一個叫『ＨＯＢＯ日刊糸井新聞』的網站，當中的企畫曾多次提及吉本隆明（註一），也將吉本老師的演講轉成數位檔案保存，並放上網站公開。這位吉本老師在八〇年代，在『Comme des Garçons（註二）論戰』中與埴谷雄高（註三）相互爭論。」

「那個論戰是什麼？名稱也太炫了吧。」

「嗯，當時很多人也是被名稱吸引。只是，如果仔細追溯這場論戰的源頭，會發現一開始是因爲埴谷老師和大岡昇平在對談集《兩個同時代史》裡，稱吉本老師是『反反核』。」

「啊，大岡昇平。」

「嗯，這樣就連接起來了。順帶一提，跟吉本老師和埴谷老師論戰完，大岡老師就跑去Comme des Garçons買褲子，還若無其事地把這件事寫在《成城隨筆》這部日記體散文

註一：一九二四～二〇一二，日本詩人、評論家，作家吉本芭娜娜為其次女。
註二：一九七三年日本設計師川久保玲創立的時尚品牌。
註三：一九〇九～一九九七，日本政治及思想評論家、小說家。

集裡，是個滿有趣的人。」

栖川瞇起那雙藍眼睛，微微一笑。

「結果呢？」槙乃用手指捲起頭髮問。栖川彷彿在等這個問題，隨即揚起嘴角。

「大岡老師以細緻描寫殺人案審判的《事件》獲得日本推理作家協會獎。日本推理作家協會的前身，是日本偵探作家俱樂部。江戶川亂步不僅參與創立事宜，也是第一任會長。在江戶川亂步的推薦下，出道作品《該死的野獸》在《寶石》雜誌刊載，躍爲文壇新星的人，是大藪春彥（註）。」

「啊，《寶石》這本雜誌剛才講星新一時也有提到。」

「對呀，江戶川亂步眞了不起。」

我跟和久的對話，栖川不慌不忙地略過，道出最後的結論。

「而冠上那位大藪春彥名字的獎項，東山彰良曾以一部名爲《路傍》的作品獲獎。東山老師也得過直木獎，那本書就是《流》。」

「全連接起來了。」

我忍不住大叫，卻又不禁納悶地側頭問：

「到頭來，從這些書的關聯中浮現的眞相，究竟是什麼？」

「問題就在這裡。到底是怎樣？該不會是要稱頌江戶川亂步有多偉大？」

聽到和久的話，又動手擦餐具的栖川搖搖頭。

「應該不是。」

「那會是什麼？」

「究竟是什麼呢？」

連槙乃都不停眨著那雙大眼睛。我重新審視那天按靜佳女士說出的書名，慌忙抄下的筆記。

小林信彥《奇怪的男人　渥美清》

星新一《愛管閒事的眾神》

三島由紀夫《太陽與鐵》

小林秀雄《人類的建設》

東海林禎雄《大口吃松茸》

糸井重里＆湯村輝彥《再見企鵝》

註：一九三五～一九九六，日本的冷硬派小說先驅之一。

大岡昇平《野火》

東山彰良《流》

當時心裡著急，加上我不擅長寫漢字，筆記上很悲慘地全是平假名。

我正打算重新寫上漢字時，忽然一頓，心臟怦怦作響。

「靜佳女士當時說『請你們先找出隱藏在書海中的眞相』。這樣的話，書名本身的順序應該很重要吧？」

「倉井，你爲什麼會這樣想？」

受到反問後，我用力吞下一口口水，心裡百般遲疑，方才不經意發現的那個關聯性，該在這種場合說出來嗎？

「我們都知道《春宵苦短，少女前進吧！》裡舊書市集的場景，所以完全被誤導了，我的意思是……」

「到底是怎樣，你講清楚。弄錯也無所謂，你先說啊。」

我的欲言又止，引來和久的怒吼。於是，我鼓起勇氣，暗暗發誓，一定要注視著槙乃，一口氣說完：

「只要按照順序念出每本書名的第一個字，眞相就會浮現。」

「哦，是這種謎題嗎？我來看看……」

和久快速朗讀的聲音戛然而止，而我只是緊盯著槙乃。

她睜大雙眼，嘴唇不再汲取空氣，曲線平滑的胸口不斷起伏，小巧的手按在上頭。

——大谷正矩。（註）

槙乃的嘴巴動了，卻沒發出任何聲音，但我知道她念出的是這個名字。接著，她望向我，眼神十分空洞，和久與栖川的模樣也明顯不對勁，氣氛徹底凍結了。

「靜佳女士的『**學長**』，原來是大谷正矩議員啊。」

槙乃終於發出的聲音，彷彿從地底擠出來般低沉、乾枯。

✿

隔天，「金曜堂」一如往常開門營業，不過槙乃將工作交給我與和久，客人少的時段，她幾乎都獨自窩在地下書庫。

註：八本書的原文書名，第一個平假名分別是「お、お、た、に、ま、さ、の、り」，組合起來即是「大谷正矩」的日文發音。

槇乃在那裡做些什麼、想些什麼，我無從得知。雖然在意，但可不能連我都拋下工作。

「沒問題，南一定沒問題的。」

在大排長龍的結帳櫃檯前敲打收銀機時，和久像在安慰自己般喃喃自語。不曉得是第幾次聽見他說這句話了。叨念不停的本人倒是問題很大，結帳時一直打錯數字，導致我的工作量大增，無暇胡思亂想。

好不容易熬到快打烊時，槇乃開門走出倉儲室。

短短一天就蒼白不少的雙頰籠罩著陰霾，她請我聯繫靜佳女士。

「只要告訴她，我們知道眞相了。」

我依照她的吩咐轉達，電話另一頭陷入沉默，過了好長一段時間，靜佳女士才氣若游絲地回答：「我明天過去。」

隔天星期五，靜佳女士在臨時列車發車之後來訪。本日不會再有電車進出站了，她從驗票閘門進來，踏上空無一人的天橋。看樣子，她是搭計程車來的。

等靜佳女士從茶點區那側的自動門走進書店，和久就掛上打烊的牌子。

槙乃交代我清帳後，便直直走向茶點區。

靜佳女士杵在吧檯前，被和久與槙乃一左一右包圍。吧檯裡，栖川在準備五人份的冰咖啡。與上星期五不同，橫亙在彼此之間的氣氛凝重而僵硬。

「靜佳女士，妳是大谷正矩議員的太太吧？」

槙乃的聲音比平常低沉，卻依然清晰地傳到結帳櫃檯。對比之下，靜佳女士的聲音則與平常無異。

「嗯，對。我是傳聞中即將遭到逮捕的大谷的太太。按照約定，我來講完後續的故事。」

大學畢業後，大谷正矩——也就是學長，回到老家野原町經營補習班，接著又追隨父親的腳步，投身町議會議員的選舉。當時，他已和靜佳女士結婚。

從町議會議員到縣議會議員，再到眾議院議員，他一步步穩健往上爬。成爲國會議員後，他依然爲了野原町的發展四處奔走。

他的各項功績中，有一項至今野原町居民仍津津樂道，就是塡平奈奈實川，建設國道。這件事我曾從和久的爺爺——伊藏老先生口中聽過。當時，和久興業的經營者伊藏老先生積極著手建設地下鐵事宜，學長卻擺了他一道，硬生生奪走當地居民的信任和金錢，改為推動國道建設。

從結果來說，野原町蓬勃發展，包含伊藏老先生在內的野原町居民，都很感謝學長。封印了自身獨創性的學長，國會議員也當得有聲有色，才花十年就首度入閣，過去的大學學弟、年輕的總理大臣任命他的職位是——外務副大臣。

「外務副大臣，大谷正矩。這是我忘不了的名字。」

槇乃喘氣般說道。有次我在閒聊中提起這個名字時，她毫不掩飾地流露厭惡，今天也是如此。

靜佳女士沒有馬上接話，靜靜注視著槇乃。

只要踏出店門一步，夏末的熱氣便會迎面襲來，但「金曜堂」的空調運作良好，令人感受不出當下的季節。原先緊繃的氣氛忽地產生變化，溫度驟然下降。我不由得摩擦手臂，雞皮疙瘩都冒出來了。

靜佳女士頂著一頭紫髮，搭上淡粉紅色的絲質洋裝，十分引人注目。像是為招搖的打扮感到不好意思，她摘下圓框眼鏡，以指尖輕揉眉心。

「對，在這個職位上，大谷與你們的人生交會了。」

我連忙閉上眼。一閉上眼，網路上那些偏頗又激動的文字，浮現在腦海，揮之不去。

上星期一，我用迅的全名在網路上搜尋。起因是槇乃說了一句意義不明的話，「五十貝是被殺害的，而且是兩次」。「五十貝迅」絕非常見的姓名，卻跑出好幾萬條連結，嚇我一大跳。幾乎全是八年前的頁面。在網路汪洋中，時間殘酷地靜止了。

在那片汪洋中，迅被全日本的網友大肆撻伐。

「沒常識的年輕人」、「自作自受」、「日本之恥」。

網友或操持著激烈的情緒字眼，或用冷靜到無情的口吻寫下的無數匿名評論，一一映入我的眼底。看了幾篇，大致就能明白八年前究竟發生什麼事。

迅去環遊世界了。約莫是受到「星期五讀書會」的指導老師——音羽老師的影響吧。在旅程中，他進到不能去的危險國度，被恐怖分子抓起來，成為將日本政府捲入一場大騷動和劇烈爭論的罪魁禍首。

他就是一個冒險闖進嚴禁入境的國家，淪為人質，還厚臉皮哀求日本政府「請救我」的蠢貨。這是從未謀面的數萬人，烙印在五十貝迅身上的標籤。

最終，日本政府貫徹「不向恐怖分子低頭」的主張，迅慘遭殺害。也可以說，政府對他見死不救。

死後，迅依然飽受各方抨擊，原因在於飛抵當地瞭解情況的外務副大臣大谷正矩的一句話。

「儘管旅途中遇見的友人紛紛勸阻，那名年輕人仍執意進入那個國家。」

外務副大臣深表遺憾的一句話，光速傳遍日本各地，替五十貝迅這名普通青年定下罪名。

槇乃向靜佳女士走近一大步。

「請告訴我，大谷議員那句話是眞的嗎？自從得知五十貝的死訊，這八年來我一直心存疑問，用盡各種方法想詢問大谷議員，可是——從來沒得到一個答案。我寄出的電子郵件和書信都石沉大海，打電話也沒人願意轉接。如果直接去找他，就會被周圍的人阻攔。」

「對不起……」

靜佳女士垂著頭，槇乃那雙大眼睛飽含水氣，繼續說：

「五十貝是想見識世界才踏上旅途，他很清楚身爲旅人該具備的心態，常說『絕不能偷懶不收集資料』。因此，我根本沒辦法相信，他會不顧旁人阻攔硬要去那個國家。絕對不可能。何況，他早就告訴過我『那個國家很危險，我不會去』。那封電子郵件我現在就能拿出來——這句話我們也向警方、周圍的大人、來詢問五十貝資訊的大批媒體說過無數次，但他們全都認定我們是在護短。媒體寫了一篇又一篇嘲諷般的報導，到頭來，沒人回答我的疑問。所以，到今天為止，我依然不明白事情的眞相。這八年來，我一直在等待一個答案……」

「對不起。」

靜佳女士再次重複這句話，接著，緩緩伸手抓住紫色頭髮，往上一拉。色彩鮮豔到嚇人的鮑伯頭被掀開，露出底下綁成一束、摻雜著白色的頭髮。

「原來是假髮……」

和久喃喃自語，靜佳女士垂下頭。

「假髮和眼鏡，是我出門時的變裝道具。」

靜佳女士說，自家遭大批媒體包圍，不喬裝根本踏不出家門。槙乃點頭回答「我明白」，以乾枯的嗓音接著說：

「八年前，五十貝他們家也是這種情況。媒體整天守在外面，不時有人惡作劇按門鈴，這還不夠，更多人匿名打電話騷擾，寄內容詭異的信件，在牆壁和大門上塗鴉，甚至往家族經營的書店丟石頭，他的父母不堪其擾，只好把店收了，拋棄家園，離開野原町。連媒體只寫了『朋友M』的我都遭到騷擾，眞不曉得那些網友是從哪裡查到我的個資。」

槙乃陳述時，靜佳女士的頭愈垂愈低，肩膀不住顫動，接著，她似乎想對抗自己的軟弱，猛然抬起下巴。

「讓妳經歷這麼多痛苦的事，眞的很抱歉。今天我會把一切全盤托出。」

靜佳女士面對槙乃，深深吸了一口氣，開口述說：

「在京都的那一夜，在鐘塔上，我和學長——不，是大谷，賭上自由卻功敗垂成的戰鬥，如果是我們遭遇的第一次挫折，那麼，第二次挫折就是那件事。長大成人後，我們居然奪走了他人『自行表達』的自由。大谷拒絕恐怖分子的要求，決定對那名年輕人——而且是來自老家野原町、擁有大好將來的青年見死不救。日本政府的判斷是對是錯，我無從置喙。可是，爲了避免國民嚴厲批評政府，爲了避免損傷總理的形象，爲了避免這件事成爲下一次總選舉時政黨的弱點，他捏造事實、操弄媒體、左右國民的看法，讓所有砲火集中在無法爲自己辯護的亡靈，這是無從辯駁的罪孽。大學時，我們那麼痛恨掌權者煽動人心，豈料換他掌權時，他卻用了更狡猾的下流手段。從大谷口中得知眞相後，我只是冷眼旁觀，同樣有罪。當時，我和大谷偏離正道，成爲加害者。」

靜佳女士不帶任何情緒，淡淡敘述。槙乃的目光從未離開過她的身上。我明白槙乃已下定決心，不管今天聽到什麼話、發生什麼事，都不逃不躲，要直接面對。

槇乃啞聲問：

「那麼，五十貝是……？」

「他是在其他國家遭到犯罪集團綁架，被運到那個國家。跟五十貝差不多時間被抓、後來重獲自由的德國人曾作證。大谷在當地聽見那名德國人的證詞，卻刻意隱瞞不提。」

「最後，他決定把事情塑造成，是迅擅闖那個國度嗎？」

我開口追問。靜佳女士痛苦地皺起臉，回答：「沒錯，非常抱歉。」

然而，槇乃卻沒看著靜佳女士。那雙大眼睛睜到極限，嘴唇微微蠕動著。我凝神讀取她的唇型，她說的是「我就知道」。她重複好幾次，才終於發出聲音。

「我就知道，五十貝被殺害了兩次。一次是被恐怖分子所殺，另一次是被大谷議員所殺。」

「要說這是殺害……」

「大谷議員把五十貝塑造成別人了。我們熟悉的那個善良又心胸寬大的五十貝被殺了，他變成愚蠢的『五十貝迅』，烙印在全日本國民的心裡。珍愛他的人深受傷害，相繼離開野原町。他的父母、親戚、恩師，連我們的友情也差點分崩離析。」

槇乃緊緊咬住下唇，看向和久與栖川。

「可是，那時候和久說『要相信阿迅，我們就在這裡等吧』。直到釐清五十貝真正死因的那一天為止，我們都要守在野原町，努力記住活在我們記憶中的五十貝。」

因此，「金曜堂」才會誕生吧。

迅老家經營的書店收了，這個地區當然會需要另一家書店，但更重要的是，對於重視迅的三人來說，書店是不可或缺的。這家小小的書店，受到書本、回憶與夥伴守護的同時，也致力於守護他人。因人類的可怕、殘酷和卑劣飽受攻擊，身心俱創的三人，透過連結顧客與書本的工作，一點一滴地獲得療癒，可以想見過程有多艱辛。

——我們活下來了，在這塊土地、在這家書店，拚命活下來了。

我頓時一陣鼻酸，望向槙乃、和久與栖川。

靜佳女士從手提包拿出一樣物品。那是透明塑膠袋層層包裹住的文庫本。書頁皺巴巴的，封面沾著泥巴，還有像是血跡的污痕。

「《春宵苦短，少女前進吧！》……」

槙乃怔怔念出書名。靜佳女士點頭，開口解釋：

「這文庫本遺落在五十貝的遇害現場。那裡沒有其他日本人，大谷猜想是他的遺物，就帶回來了。」

槇乃伸出手，輕輕抱在胸前，宛如裡面殘留著迅的魂魄。

「照理，早該由大谷親自送來，但心懷內疚，反倒令他抗拒此事。他還說，沒信心在你們面前撒同樣的謊。對不起啊。」

聽著靜佳女士的話語，槇乃隔著透明塑膠袋不斷輕撫封面。忽然間，她扯破塑膠袋，在我們紛紛倒抽一口氣時，直接取出文庫本。

槇乃翻過發皺漲軟的書頁，原本夾在最後一頁的書籤飄然落下。她拾起變成褐色的書籤，露出微笑。

「太好了。看來，五十貝讀完了。」

太好了、太好了，槇乃點頭說著，再次將文庫本抱回胸前。

「五十貝看的最後一本書——是這本書啊。是有趣的書，太好了。」

槇乃的睫毛震顫，淚水靜靜滑落。和久摟住槇乃的肩膀，讓她在高腳椅坐下。栖川顫抖著撤走冰咖啡，端上熱茶。兩人的眼睛都是濕潤的。

槇乃將文庫本遞給和久與栖川，彷彿這才首度注意到靜佳女士，雙眼眨呀眨地問：

「靜佳女士，妳開始看森見登美彥的書，難道就是因爲這一本？」

靜佳女士按著摻雜白髮的整齊頭髮，輕輕頷首，脫口而出的還是那句「對不起」。在我看來，她愈來愈顯蒼老，整個人愈縮愈小。

槙乃繼續問：

「事到如今，爲什麼妳要拿這本書過來呢？」

「在東京住院的大谷打電話拜託我，將『那本書』送到野原車站裡的『金曜堂』書店。」

我的腦海浮現只在電視上看過的大谷議員的模樣。

「老實說，我很猶豫，不知道是否該送書來。我非常害怕，所以先裝成普通客人打探情況，試著和你們交談。爲了幫這件事鋪路，我假裝忘記書名，眞是不好意思。可是，過程很愉快，能單純談論書本的話題，暫時脫離嚴峻的現實。於是，我下定決心賭一把。」

「賭我們能不能從妳給的書本謎題中，猜出『大谷正矩』嗎？」

和久哼了一聲，靜佳女士道歉：

「對不起，到了這個時候，我仍想爭取一點時間，好讓自己下定決心。」

那張臉龐流露濃濃的疲憊之色，皺紋忽然變得十分清晰。仔細一想，她的丈夫就要遭到逮捕，此刻她的心境想必猶如處於暴風雨的中央。不，不光是心境，實際上，每天想必都疲於應付各種狀況。儘管丈夫開口拜託，在如此風聲鶴唳的時期，出門還需要變裝，可以想見特地跑一趟野原町，會造成多大的心理負擔。思及這一點，不禁教人有些同情。不過，我是現場唯一和八年前那件事沒有直接關係的局外人。我對靜佳女士的同情，和在網路上嚴詞抨擊迅的那些人沒有兩樣——明明不瞭解眞實情況，卻對此缺乏自覺，輕易被別人的事勾動情緒。我很清楚這一點，因此一句話也說不出口。

槙乃捧著杯子，啜飲熱茶，「呼——」輕輕吐出一口氣。接著，她請一直站著的靜佳女士坐上高腳椅，拜託栖川爲靜佳女士泡一杯熱茶後，便站起身。

「南店長，妳要去哪裡？」

我慌張地問，她甩動大波浪鬈髮，回過頭。

「我要去拿客人想看的那本書。」

回應我的，是槙乃一如往常的笑臉。

不到五分鐘，槙乃就回來了。她拿著一本厚重的平裝書。不用針線，僅靠膠水裝訂，再用紙張包覆，充當封面的那本書，自梅雨季就一直擺在入口處的平台。

「那是野原町鄉土史書展的……？」

「倉井，你猜對了。」

槇乃微笑遞出那本書，讓我們看封面。

「由野原町議會議員自發編撰的《野原町國道史》。在區公所和當地書店『金曜堂』都買得到，是一本貨眞價實的書。」

靜佳女士小心翼翼地接過，輕觸圖畫紙製成的簡潔封面。槇乃說「請翻開」，接著解釋：

「町議會議員出身，當時已成爲眾議院議員的大谷正矩，也參與編寫工作。書裡描述國道案如何在他的登高一呼之下層層推進，以及當時參與計畫的相關人士的訪談內容，還收錄了生動描繪町議會紛爭的議事紀錄，是一部相當有意思的紀實作品。」

「妳看過了？」

「對，昨天一口氣看完的。我拋下工作，在地下書庫埋頭閱讀。」

槇乃一臉歉意，朝我們低下頭，接著，她以手指捲起波浪髮絲，思索片刻，字斟句酌地說：

「我認爲，大谷正矩是一位優秀的議員。不管是當町議會議員時，或成爲國會議員之後，他總是心懷理想。那份理想，成爲他完成龐大計畫的原動力。」

「可惜，那股原動力最終扭曲了，選錯方向，犯下無可挽回的過錯。不光五十貝的事，還有這次……」

靜佳女士艱難地回話。槙乃從栖川手中接過迅的遺物《春宵苦短，少女前進吧！》，翻過略爲膨脹的書頁。

「『天下如此之大，聖人君子卻寥寥可數，剩下的不是敗類就是豬頭，不然就是敗類兼豬頭。』」

她念出堪稱「森見金句」的段落，聳聳肩，接著說：

「所以，若是大谷正矩選錯了方向，希望他能努力回到原本的道路。過程中，他必然會需要贖罪，但我認爲不該就此抹煞他是優秀議員的事實。而且，靜佳女士，聽了妳的故事後，我想他體內仍殘存具獨創性的學長那一面。不，我相信必定如此。」

聽見槙乃這句話，靜佳女士長久以來——說不定是從大谷議員遭提起刑事訴訟以來——一直忍住的淚水靜靜滑落，在臉上留下一道淚痕。

「爲什麼？大谷等同於……殺害妳重要的朋友，爲什麼妳能夠這麼想？爲什麼妳還願意相信他？」

「因爲……」槙乃急促地吸了口氣，輪流望向和久與栖川。兩人同時點頭，她彷彿放下心中大石，吐出一口氣。

「五十貝，他就是這樣的人。」

這句簡短的話，深深打中我的心。靜佳女士想必也一樣。和久像獅子般甩了甩金色小平頭，頻頻點頭。

「沒錯。無論對人類多麼絕望，遇上難受的事，他仍願意接近他人、原諒他人、認同他人，並主動微笑。阿迅就是這種傢伙。栖川，對吧？」

「他是好人。」栖川回答，又補上一句：「了不起的男人。」

八年前趁話題正熱攻擊迅的那些網友，八成都記不得自己寫了什麼，轉頭又隨著下一則熱門新聞起舞吧。

可是，面對無數冷嘲熱諷的那一方不會忘記。想忘，也忘不了。每一句抨擊，都留下一道傷口，即使到了今天，只要一被觸動，依然會滲出血來。

如果是我遇上這種事，肯定會害怕人類、討厭人類。不，槙乃他們多半也一樣吧。儘管如此，他們仍以書本為媒介，說著「歡迎光臨」，努力重新擁抱人群。

靜佳女士傾斜茶杯，喝下最後一口茶，從高腳椅下來。她分毫不差地將《野原町國道史》的書錢放在吧檯上，重新戴好假髮與眼鏡，低下頭。

「謝謝你們。能讓我感到輕鬆的書，我買下了。」

「謝謝惠顧。靜佳女士，何時都沒關係。下次，帶大谷議員一起來『金曜堂』吧。」

「咦？」靜佳女士十分驚訝。槙乃將四根指頭壓在彎折的拇指上，握起拳頭。

「我要送大谷議員一記**『朋友拳』，『為世界帶來和諧，令我們得以保有僅存之美好事物。』**」

靜佳女士望著說出《春宵苦短，少女前進吧！》書中必殺技名稱的槙乃，那張櫻桃小嘴笑了。

「我一定帶他來，妳等著。」

還是關西腔適合她。靜佳女士的笑容，是貨眞價實的少女微笑。

✿

「金曜堂」回歸日常步調。大學還在放暑假，但野原高中的學生已迎來新學期，聽說連暑假後的複習考都已訂下日期，經常可見拿著英文單字本穿過天橋的制服身影。

栖川出門採買前請我顧一下茶點區，因此我正在收拾桌面上的空玻璃杯。這時，自動門開了，手臂下夾著《Hot日報》的老先生走進來。

「歡迎光臨。」我主動打招呼，才注意到老先生頭上的登山帽似曾相識。記得是之前在「克尼特」，坐在我旁邊的那位老先生。

老先生似乎對我也有印象，親切地舉手喊了聲「嗨」，朝吧檯走去。

「可以給我一杯咖啡嗎？」

「不好意思，負責吧檯的人出去買東西，馬上就會回來。」

「這樣啊，那我等一下，反正沒有急事。」

我慌忙走進吧檯，不甚熟練地遞出一杯水。老先生傾斜杯子，小口小口喝下。

眼前翻開的《Hot日報》，有一版大大印著「大谷遭捕」幾個字，一旁的內容顯示檢方已掌握他與數項違法交易及賄絡直接相關的證據，收押後八成會遭到起訴。

老先生大概是注意到我的視線，把《Hot日報》放在吧檯上攤開，皺著臉說「正矩啊」。這樣說來，他是大谷議員小時候的同學，依然習慣直呼其名。我想起這件事時，老先生舉起拳頭輕敲那篇報導。

「沒想到會被老婆補一刀。」

提供證據的不是別人，正是大谷議員的妻子。前陣子，這件事鬧得沸沸揚揚的。

「辭掉議員，和老婆離婚，他只能回野原町了。」

「他才不會和老婆離婚。」

我盯著報紙說。老先生疑惑地眨了眨眼。

「是嗎？」

「對，他反倒很感謝老婆吧。」

那一天，靜佳女士離開「金曜堂」，似乎直接前往警局，將足以讓大谷議員定罪的證物交給警方。幾天後，她打電話到店裡，告訴我們那些證物和迅的文庫本《春宵苦短，少女前進吧！》收在一起。換句話說，大谷議員要她送書去「金曜堂」，就是大徹大悟後的請求。他認爲差不多是時候面對這一刀了吧？或許對他而言，如果送自己進牢裡的是最親近的靜佳女士，就有力量在人生的暗夜中前行吧。

看過報紙下方的小篇幅報導後，我確定了自己的猜想，還忍不住偷笑。老先生探出身子。

「什麼、什麼？寫了什麼好笑的事嗎？」

那裡寫著大谷議員從醫院要被移送時，送給妻子的話語，以及妻子的回話。

「『**盡人事，聽天命**』嗎？很像正矩會說的話——可是，等一下，他老婆的回答是什麼意思？未免太奇怪了吧？」

「『**相逢自是有緣**』嗎？一點都不奇怪。其實，兩人的話是從一本書裡擷取出來的。」

我從廚具櫃和酒櫃旁的書櫃取出《春宵苦短，少女前進吧！》，分別翻開那兩頁給老先生看。

「他們引用了對兩人來說都很重要的一本書，看來記者並未發現這件事。」

「哦，像是夫妻之間的暗號嗎？正矩還是那麼有情調。」

「沒錯，有情調，有獨創性。」

我點點頭，老先生似乎有精神了些。他從下方看著書封，坦白說出感想「這本書怎麼弄得髒兮兮的」。

「這本書經歷過很多事，所以才包上透明塑膠書套。」

我輕輕闔上書。老先生環顧店內。

「這家書店眞有趣。我不太看書，平常也不搭電車，以前都沒來過，居然在吧檯裡也放了書櫃？」

「對，只是，這裡擺的書都是非賣品，是借給茶點區客人在店裡閱讀用的。」

「二手書嗎？難怪剛才那本會有點髒。」

沒錯，這座書櫃上的書，全部都是二手書。全部都是迅看過、喜愛、擺在他房間書櫃裡的書。迅的雙親無力承受網友的惡意中傷，舉家搬到遠方時，連同代代相傳的書店裡的藏書，一起給了宣告要和夥伴一起開「金曜堂」書店的栖川。

我會知道這件事，是因爲槇乃毫不遲疑地要將靜佳女士歸還的《春宵苦短，少女前進吧！》收進這座書櫃時，和久驚慌的聲音響起：

——喂，南，那本也要放這裡嗎？

槇乃暫時停下手，肯定地點點頭。

——五十貝的家人說，希望這本書和其他書一樣，放在我們這裡。只要在好友開的書店裡，有一個塞滿自己喜愛的書籍的專屬書櫃，每當好友和客人們開心交流時，五十貝的靈魂隨時都能回來。栖川，這是你說的吧？阿靖，當時你不也很贊成，還說既然栖川都這麼講了，就把迅的書櫃擺在吧檯裡嗎？

既然如此，迅看的最後一本書《春宵苦短，少女前進吧！》也一樣——雖然要包透明書套，但和其他藏書一起放在書櫃裡。

我替老先生的玻璃杯加滿水，詢問：

「今天是剛好有事來車站嗎？」

「不，是『克尼特』的老闆娘介紹我來的。她說『那家書店很有意思，你要不要去瞧瞧？就算沒有想看的書，也樂趣無窮喔。』不過，人都到書店了，沒有一本想看的書實在有點……」

「不如請我們店長幫忙找吧？」隔著吧檯，我對坐在眼前的老先生微笑。

「咦，她找得到我想看的書嗎？」

「沒問題。」

後背感受著迅喜愛的那些書強烈的存在感，我朝結帳櫃檯呼喚：

「南店長，這位客人要找書。」

「我知道了。」

槙乃小跑步過來。超越絕望、隱含祈禱之意的招呼聲響起。

「歡迎光臨『金曜堂』！」

今天，我們也在此認真生活著。

第4章

通往你的門扉

到野原車站後，我從下行電車走下來，眼前一群高中女生正在叫喊。

「今天在嗎？」

我心想，發生什麼事啊？循著那些女生的目光望去，只見鐵軌對面的三號線月台上出現站長的背影。他轉過身，雙手在頭上比了個圈，那群高中女生興奮歡呼。

「可以過去那個月台嗎？」

「可以，但小心別錯過回程電車喔。」

「知——道——」

伴隨著輕快的腳步聲，那群高中女生跑上天橋。目送她們遠去時，後方傳來一道低沉的聲音。

「是貓。」

「啊？」

我回過頭，只見後方站著一個揹低音號收納袋的高中女生。我記得她也經常造訪「金曜堂」。

「大約兩週前——放完暑假、新學期剛開始那陣子，一隻野貓在那塊空地出沒，後來不時跑上三號線月台。可能是站長會餵牠，最近愈來愈有貓站長的架式。」

「原來如此，我完全不曉得。啊，妳不用過去看看嗎？」

我指向三號線月台，耳下綁著雙馬尾的少女搖搖頭。

「不用，低音號太重，電車又快來了，而且……」

她咬住下唇，遲疑片刻，忽然抬起頭，一鼓作氣說出口：

「書店店員，我有事想問你。」

「什、什麼事？」

——難道是要向我告白？

我的鏡片頓時起霧，低音號女生問：

「『金曜堂』書店的『金曜堂獨家精選夏季書展』什麼時候會結束？」

「啊？」

我推推起霧的眼鏡。低音號女生的臉上沒有笑意，繼續說：

「那是爲了暑假的閱讀作業才辦的吧？新學期都開學這麼久了，卻完全沒有要收起來的樣子，我一直很在意。」

「抱歉……」

我無精打采地重新戴正眼鏡，低下頭。忽然被問到痛處，我不由得伸手按住腹部。那個女生也有些尷尬，一隻腳像踢石頭般甩呀甩的。她背上的低音號收納袋也隨著腿的擺幅不斷上下晃動。

「我很喜歡以前的冷硬派小說書展之類的，一直很期待新書展，介紹一些我沒接觸過的領域。」

「啊……好，謝謝妳的意見，我們會討論看看。」

我再次低下頭時，上行電車到站的廣播響起。在三號線月台和貓玩耍的那群高中女生匆忙往回跑，我瞄到她們奔馳的身影，向低音號女生說再見。

朝天橋走去時，我推了推眼鏡。

——印象中，冷硬派小說書展是五月辦的。

明明才過四個多月，卻恍若是許久以前。

當天下班後，和久找我去吃燒肉店「有吉亭」。

他的胸前口袋塞著一大把折價券，高舉中杯啤酒，粗魯地撞向我和栖川的玻璃杯。

「來，乾杯。你們兩個，夏天來吃燒肉，怎麼不喝啤酒？」

「不好意思，我酒量很差……」

「這是個人的自由。而且現在是九月，日曆上算是秋天了。」

我怯怯握住盛滿汽水的玻璃杯，栖川則氣定神閒地拿起手中的Mojito，喝了一口。和久沉聲低吼，塞了滿嘴的韓式沙拉。

「全是臭男生的燒肉聚餐……」

我一說，和久立刻別開眼，栖川神色不變，拿起濕毛巾搓揉。我望向四人座的空位，伸手輕碰鏡框。

要是槙乃在場，就能陪和久喝啤酒了吧。她八成一杯下肚就醉了，爽朗說話，雙眼濕潤，吃到一半就睡著。朝九晚五，下班之後的槙乃——雖然我們書店的下班時間不是五點——那個毫無防備的槙乃，最近完全看不到了。

「今天在車站，有個客人問我『金曜堂』的夏季書展何時才會結束——南店長是怎麼打算的呢？」

我拋出的問題無人回應。栖川淡然地往三個小碟子倒沾醬，和久的目光閃爍不定，顯然正在努力想其他話題。最終，他的視線停在空位上的我的背包口袋，俐落抽出一本軟皮平裝書。

「哦，小少爺工讀生，你最近在看什麼？我可以拿掉書套嗎？」

他居然先徵求我的同意？我爲和久紳士的一面震驚萬分，點頭回答「可以」。和久向正好走近的店員加點啤酒，再小心卸下「金曜堂」的書套，發出一聲驚呼。

「這不是海萊因的《夏之門》嗎！小少爺工讀生，你喜歡科幻作品？」

「呃，其實我還不清楚自己喜歡哪一類書，這是整理庫存時碰巧看到的——封面上的貓咪很可愛，書腰又寫著『史上最佳』，我就想看看。」

栖川瞇起那雙藍眼睛，微微一笑。

「重譯版封面上的貓，臉朝著正面。」

「哦，眞的耶。福島正實翻譯的早川文庫版，封面上只有一個貓頭，也是挺可愛的啦，但比兔子遜色。」

看樣子，和久會趁機大肆讚揚自家毛孩（兔子）有多可愛，我趕緊插嘴。

「果然大家都看過了。這是『星期五讀書會』的指定讀物嗎？」

「不是——我記得沒選過這本。栖川，對吧？」

「嗯。」

兩人迅速別開眼。我疑惑地望著他們，和久尷尬地搔了搔他的金色小平頭。

「原本我一直想看，但高中時有個蠢蛋跑來說『我發現有部電影應該是在向這本書致敬，證據就是電影裡出現……』，我根本沒問，他就把雷全爆光，害我停不起勁看書。」

「偶爾會看到這本，就是一直沒拿起來讀。」

和久與栖川分別回了我一長一短的理由，不過簡單來說，就是兩人都沒看過。我暗自下定決心，一定要看完。

跟和久的啤酒一起送上桌的，還有一個大盤子。

「久等了，這是你們點的黑毛和牛五花肉、特選里肌肉、牛肚、蔥鹽豬頭肉、魚貝類和綜合蔬菜。」

「哦，開動吧。」

和久抓起夾子，迅速地將肉放到烤網上。

吃吃喝喝時，和久拋出一些「金曜堂」書展的點子，但槙乃不在，無論是「適合秋季漫漫長夜的長篇小說書展」、「喚醒因暑熱而昏沉的大腦！新本格推理小說書展」，還是「讓人想去旅行的鐵路書展」，都沒能發展到提出具體書名的階段，全部雷聲大雨點小，無疾而終。

我們又加點幾盤里肌肉和五花肉，三人的筷子都愈動愈慢時，栖川突然開口：

「《湯姆的午夜花園》（註一）、《家鴨與野鴨的投幣式置物櫃》（註二）、《電車鈴響》（註三）。」

「這些是……書名嗎？」

我問得很沒自信，栖川點點頭，拿公筷將上頭放了泡菜的豆腐漂亮切成三等分。又要找出書本之間的關聯嗎？我正在做心理準備時，一個放著三分之一塊豆腐的小碟子落在眼前。

「最近南看過的書。」

「哦，皮亞斯、伊坂和獅子文六？南看的書還是那麼廣泛。」

等第四杯啤酒等到有點不耐煩的和久出聲。栖川也拿一盤豆腐給和久，那雙細長的藍眼睛閃著光。

「全都是重看。」

「這樣啊……」

「全都是阿迅在世時，南看過的書。」

我們這桌瞬間陷入寂靜，親切的打工店員開朗的聲音宛如一道雷劈下。

「這是您的中杯生啤酒！啊，我收一下空盤子。」

和久盯著咻咻咻冒著氣泡的啤酒，等店員俐落疊起大盤子收走，才呻吟道：

「新書呢？最近，南喜歡的作家不是快要出——」

「上週就出了。『金曜堂』也進貨了。可是，南沒買。看起來也沒在其他地方買，或買電子書來看。」

栖川搖搖頭，快速將烤網上燒焦的肉、魚貝類、蔬菜一一夾進盤裡，再熄掉火。和久咕嚕咕嚕地大口灌啤酒，睜大凹陷的雙眼。

「你到底多認眞觀察南？栖川，你是偵探嗎？」

「這叫謹愼。這種情況不免會多觀察一下。最近，南有點奇怪。」

聽見栖川這句話，我用力點頭。

「沒錯，很奇怪！邀她去喝一杯，她都不去，看起來也完全沒在思考書展的事。雖然有正常工作，但就是太正常了，反倒奇怪。該說不像南店長嗎……」

「奇怪、奇怪，你們也連續說太多次。」

和久嗤之以鼻，栖川絲毫不受影響，慢條斯理地拿起濕毛巾，擦拭滴到桌面上的醬汁

註一：Tom's Midnight Garden，英國作家菲利帕．皮亞斯（Philippa Pearce）的著名兒童文學作品。
註二：日本作家伊坂幸太郎的長篇小說。
註三：日本作家獅子文六的隨筆集。

和肉汁，淡淡往下說：

「她不著痕跡地跟我與和久保持距離，擺出一號笑容，一如往常地生活。這些全都和八年前一樣。上次《春宵苦短，少女前進吧！》那件事，讓南的內心在本人也沒察覺的情況下，回到過去了。」

八年前——不用說，肯定就是指迅遭到殺害後的那段日子。

「可是，當時感覺一切都圓滿收尾了……」

「大概是她希望自己能做到那樣吧。爲了大谷靜佳好，也爲了她自己好。只是，就算她理智上能說服自己，身心眞的都能接受嗎？不見得吧？我是不曉得南自己有沒有發現啦，不過，她還沒從失去阿迅的悲傷中復原，完全沒有。」

和久激動又急促地說完，一口氣喝乾啤酒，露出苦澀的神情，低聲道：

「唉，大概是『金曜堂』害的吧……」

「爲什麼？」

「阿迅過世後，南日漸消沉。看她那個樣子，我眞的很難受，很怕也會失去她。最後我受不了，就開了『金曜堂』。我給她工作、給她地方待，剝奪了她好好面對痛苦，療癒自己的機會。」

「這是結果論。當時，那就是幫助南最好的方法。」

栖川像是在說給自己聽，緩緩說出口。和久回答「也對」，朝栖川點點頭。炭火冒出的白煙逐漸散去，他滿布血絲的雙眼瞪著我。

「但現實是南的內心回到八年前的狀態了，眞的很不妙。不可能再開一家『金曜堂』，這只是在轉移她的注意力，我不想重蹈覆轍。小少爺工讀生，該怎麼辦才好？」

「你問……我嗎？」

「南一看到我和栖川，就會想起阿迅，心裡會難受。這下只能靠你了，帶來一點新氣象吧。」

和久藉著酒意大吐苦水，我招架不住，趕緊吃一口放有泡菜的豆腐，卻嗆到了。

❀

「哇！」我忍不住驚呼，是因爲天橋上有貓。

那隻三號線月台的貓咪似乎跑上樓梯了。自從上週第一次看到那隻貓以來，牠確實愈來愈熟悉野原車站。

另一方面，全是臭男生的燒肉聚餐過後，爲了打動槙乃從八年前就按下暫停鍵的內心，我這週做了非常多努力。表面上是因爲和久拜託我，但就算他不開口，我多半也會主動做些什麼。畢竟不可能放任喜歡的人日漸憂鬱。

上班時，如果工作上有任何不懂的地方，我一定會去問她，就算明明會做，也硬要去問她。每天下班後，都會邀她一起去吃宵夜或喝一杯。和槙乃看同一本書，找她聊最近喜歡的漫畫。最後還半是自暴自棄，厚著臉皮約她去看電影。積極到都不太像是自己了，結果卻是慘敗。即使不斷藉機找她說話，她卻老是心不在焉。面對我每一次邀約，她總是輕輕垂下眉，一句「抱歉」就擊潰我的所有攻勢。

想到這一週的徒勞，我忍不住嘆了口氣。那隻貓抬頭望著我，尾巴搖呀搖地惹人心煩。搖完尾巴後，牠重新坐好，那雙圓滾滾的祖母綠眼睛熱切地注視著「金曜堂」的自動門。匆忙走過天橋的人群，和一隻宛如雕像動也不動的貓。彷彿周身是另外一個時空，那凜然不可侵犯的姿態十分醒目。

我想起剛看完的科幻小說《夏之門》。書中對主角飼養的貓佩特活靈活現的描寫，是這本書的主要看頭之一。

「牠堅信人類的門中，至少有一扇門，一定會通往溫暖的夏天。」

「你在找夏之門嗎？可惜，這裡是書之門。」

我和主角丹尼一樣和貓講話後，那扇門——「金曜堂」的自動門，突然開了，兩名年輕女子並肩走出來。

「太好了，妳特地請假大老遠跑來也值得了。」

「嗯，果然郊區書店還有庫存。」

兩人從我身邊經過，沒多看貓一眼，便沿著階梯走下月台。她們的目光和注意力都放在其中一人懷抱的「金曜堂」紙袋上，彷彿根本沒看見我和貓。袋裡裝的應該是很重要的書吧？

我聳聳肩，走向自動門。門開的同時，一個影子咚咚咚地奔過腳邊。咦？我還來不及低頭查看，就聽到店裡結帳櫃檯傳來槙乃的驚呼。

「貓！」

我慌忙看向前方，只見「金曜堂」狹窄的通道上，一隻貓正搖著尾巴奔跑。

客人全都看傻了。這時，和久甩了甩金色小平頭，從高腳椅跳下來，張開雙臂，伴隨磅磅磅的腳步聲，從正面逼近那隻貓。

「這裡禁止貓進入啦。」

不管和久怎麼威嚇，貓都不爲所動，反倒發出迎戰的吼叫聲，跳到平台上整齊擺好的單行本上。牠低下頭，尾巴炸開，一副「要打就來呀」的架式，銳利的爪子刺進書皮。

「啊啊啊……混帳！拿開你的髒腳！不能破壞商品！」

和久的慘叫響遍店內之際，貓咪身姿輕盈地踹倒一堆又一堆書，直奔茶點區。

牠以高腳椅當跳台，躍上吧檯，轉眼間已晃到廚房，俐落竄過手持菜刀愣在原地的栖川面前，還不忘將砧板上切到一半的厚片火腿叼走。

我與和久拚命追趕，牠在店內四處竄逃。等我們跑到氣喘吁吁，牠終於趁茶點區那側的自動門打開時，從進來的客人腳邊溜出去。

我們幾個書店店員怔怔目送宛如颱風過境般的貓離去，趕緊將傾倒的書本重新擺好，封面或書頁受損的書則收到倉儲室。有瑕疵的書就不能賣了，也不能退貨。這一場騷動，源於我不小心讓牠趁隙溜進自動門。我覺得自己有責任，便去向槙乃道歉。

等客人都離開收銀櫃檯後，我主動開口：

「剛才眞抱歉，我不小心讓自動門……」

「最近在野原車站住下來的貓就是牠吧？我第一次親眼看到。」

槙乃的雙頰因興奮而微微泛紅，露出微笑。

「眞是活潑的貓。」

「對，活潑到嚇人。好幾本新書都受損了，眞的很對不起。」

「倉井，你用不著道歉。」

槇乃雙眼圓睜，豎起大拇指。「只是……」她的雙眉稍稍下垂。

「不好意思，以後還是要避免讓那隻貓跑進來。」

「我知道了，進出時我會小心。」

我點點頭，注意到有客人朝收銀櫃檯走來，立刻向前一步。儘管我們是在討論公事，但看見店員互相交談，大部分的客人都不會有好印象吧。

站在結帳櫃檯前的客人，是穿著野原高中夏季制服的女生。

多年來，大家都說，萬一學生總數超過三千人的這間猛瑪校沒了，野原車站只能步向衰退的命運。他們自然也是野原車站裡的書店「金曜堂」，在規畫書展或進貨品項時，主要考慮的客群。

那名高中女生瞄我一眼，臉就紅了，微微轉過身子，彷彿想避開我的目光。她朝槇乃遞出一張紙，看起來像是訂單的顧客收存聯。

「我收到通知，之前訂的書到了……」

「這樣啊，謝謝妳特地跑一趟。」

槙乃行禮，那名高中女生也同樣低頭回禮。

「我一直想過來拿，可是前幾天感冒請假——我心想一定要在一週的保留期內過來，努力康復，今天終於能出門了。」

「眞是辛苦了。以後只要給我們一通電話，就能特別通融。」

槙乃對神色不安的高中女生微微一笑，拿著顧客留存聯說「稍等一下」，便走進倉儲室。

雖然要看庫存情況和每家出版社的作業流程，但顧客訂書後，多半十天左右會送達店裡。一想到網路書店當天即可出貨，這步調簡直慢到令人興致缺缺。槙乃常說，身處如此快節奏的現代社會，還是有客人願意透過當地書店下單，實在值得感激。我也這麼認爲。

因此，即使槙乃花了比平常更久的時間才從倉儲室出來，即使看見她凌亂的頭髮和蒼白的臉，我都沒想到她會說出這句話：

「非常抱歉，妳訂的那本書，我不小心賣掉了。」

「不會吧……」

高中女生身體劇烈一晃，我趕緊從結帳櫃檯伸出手。

「妳說賣掉了，是賣給別人了嗎？」

「我查過，就是剛才賣出去的……真的很對不起，我立刻重新訂……」

「不可能的。」

高中女生打斷槙乃的話，大聲哀號：

「FANBOOK的初版特典是參加活動的抽選券。前天網站上就公告初版全部賣完了。」

高中女生徹底失去冷靜，像是拋棄了羞恥心，根本不看我，只是連聲呼喊那本動畫FANBOOK的書名。看樣子，儘管書中內容令人期待，但動畫配音員齊聚一堂的特別活動的參加抽選券，占了她買這本書的動機九成。

「我知道一定會馬上賣光才特意預定的。我想說『金曜堂』的店員相當可靠，一直很放心，誰曉得……」

高中女生劇烈顫抖的聲音和激動的情緒。促使和久從茶點區趕來。栖川也從吧檯裡擔憂地望向這裡。

後來，我去服務其他客人、進行結帳，槙乃與和久用盡各種方式，四處詢問還有沒有那本FANBOOK的初版庫存，但每一家書店都賣完了。高中女生眼睜睜看著他們徒勞無功的努力，內心更是難受，忍不住哭了起來，動靜大到店裡其他客人紛紛交頭接耳。

書店全體員工——連栖川也從吧檯趕來，四人排成一排，向那名高中女生鞠躬致歉。如果是被咄咄逼人地痛罵一番，心裡當然會不舒服，客人卻哭了，可見她原本是多麼信賴「金曜堂」，這才更令人難受。尤其是不慎賣出她訂的書的槙乃，側臉比白紙還要蒼白。

「不好意思，我情緒失控了。」

高中女生最後還道歉了，根本不用講我們到底有多內疚。然而，當槙乃提出要試著再訂訂看那本書時，高中女生果斷搖頭，說「不用了」。

最後，她什麼都沒買——不，是想買也買不了，沉默地離去。我們目送她的背影遠去，槙乃輕輕吐出一句：

「她不會再來我們店裡了吧。」

「怎麼會……」

不會啦。正要脫口而出時，我打住了。此刻的氣氛並不適合說些不負責任的安慰。槙乃依序望向我、和久與栖川，輕聲嘆息。

「『金曜堂』失去一位重要的客人，都是我的錯。」

「我們是人，難免會犯錯。」

栖川悅耳的嗓音讓這句陳腔濫調流露出奇妙的說服力。槇乃順從地點點頭。或許是稍微放下心中大石，和久揚聲道：

「就這樣吧。明天起，大家再一起重新開始。」

「啊，我去整理倉儲室的書櫃，把客人訂的書和等著上架的書分開，以後一眼就能看出來。」

我絞盡腦汁，提出自己能做到的事。

槇乃朝我低頭行禮，終於綻放小小的笑容。

那笑容讓我打從心底鬆了一口氣，可是——

幾天後，《Hot日報》的記者藪北勝打來一通電話。他是「金曜堂」的客人，曾和我們結下善緣。

——喂，明天發售的《Wind週刊》送到了嗎？

我恰巧待在倉儲室，接起電話後聽到藪北記者久違的聲音，嚇了一跳。

「啊，好久不見，我是打工的倉井。《Wind週刊》還沒送到，有什麼事嗎？」

電話另一頭，藪北洩氣似地發出一聲「嗯——」。薄薄一層頭髮貼在頭皮上，帶著嘲諷笑意的疲憊面龐，浮現在我的腦海。

——我偶然看見早版的內容，這一期的《Wind週刊》有篇「金曜堂」的報導。

「哦……啊，難道是和『能找到想看的書』的書店有關嗎？」

或許是察覺我故作開朗，藪北壓低聲音。

——嗯，也有提那件事，但主要是別的。

藪北斟酌用詞，慎重告知我情況。

——先下「潛進網友大力推崇的書店！」這種煽動性標題，再列舉各種理由強調「金曜堂」是一家多麼「驚人的書店」，「實則」拚命講壞話，是一篇充滿惡意抨擊的報導。

「壞話……寫了些什麼？」

——嗯……大吼「滾出去」趕走看不順眼的客人，客人晚幾天來拿預訂的書籍就擅自賣出，這類霸道行徑不勝枚舉之類的。

我的額頭一片冰涼。

「好過分，這種事……」

——當然都是惡意曲解事實的結果，我很清楚。畢竟寫這篇報導的人，就是松元令佳。

「松元……？」

——南店長趕跑的女記者，你還記得吧？當時我也在店裡，她們不是起了爭執嗎？雨聲在腦海響起。短短三個月之前，槙乃爲了保護和久，爲了護住我、栖川和「金曜堂」的一切，用嬌小的身子擋在最前方，安靜地奮戰。

「有提到和久興業和大谷議員那件事嗎？」

——沒有提那件事。她多半是認爲大谷已遭逮捕，沒有話題熱度了吧。

置身於媒體業界的藪北用的「話題熱度」這個說法，讓我的胸口深處泛起寒意。我一沉默，藪北清了清喉嚨，接著往下說。

——不過，她寫了名叫五十貝迅的青年和「金曜堂」的關係。倉井，你知道嗎？大概是八年前……

「我知道。」

可能是我回答得太急，藪北頓了一下，才又開口。

——那篇報導的寫法非常惡劣。比如，原來是那個五十貝迅的好友開的書店，難怪根本不把客人當一回事，態度惡劣至極。內容充斥著各種偏見，卑鄙又愚蠢。可是，很多人就喜歡看這種。那些對生活不滿，四處搜尋抨擊對象的人。

我像傻瓜似地重複同一句話。我不願意相信，一個身爲記者的人，會沒經過詳細調查，就大肆毀謗「金曜堂」和「金曜堂」的書店店員。這還不夠，竟重提好不容易才沉澱下來的八年前的那場風波，甚至再次踐踏迅的尊嚴。

「太過分了。」

「這眞的太過分了，爲什麼……」

腦中依稀浮現灰色雨衣不斷淌落雨水，雙眼閃著挑釁光芒的那名女記者的臉。當時，不光是我們書店店員，連作爲顧客在場的藪北也出聲駁斥，最後她憤憤不平地走出店門。在那之後，或許松元令佳就一直在觀察我們，等待機會痛宰害她丟臉的「金曜堂」和槙乃。對這種人來說，是不是事實根本不重要，機會才是一切吧？

然後，現在她發現機會了，便毫不遲疑地揮動武器。名爲文字的武器。

槙乃會被殺害——我眞心這麼認爲。我渾身發顫，緊緊握住話筒。

「藪北先生，不能想想辦法嗎？像是阻止那篇報導、回收雜誌之類的。」

——不太可能。雖然可以告編輯部或撰寫報導的記者，只是，那也得等民眾看過內容以後。

「那就沒有意義了！」

我氣息紊亂。等槇乃看到就太遲了。

我怔怔注視著剛掛上的電話時，背後的倉儲室的門突然打開。

「喂，進貨了，來幫忙。」

和久的聲音不大卻充滿威嚴，我慌忙跑過去，接過沉重的紙箱。

總共四箱書和雜誌，我們一起搬進倉儲室，堆疊起來。連喘口氣的時間都沒有，和久又拋下一句「要是有空，拆箱就交給你了」，在單據上簽名，便走了出去。我根本來不及叫住他。

我站在那堆紙箱前，嚥下口水，當中就有《Wind週刊》。我掏出平常放在圍裙口袋裡的美工刀，小心地打開紙箱。有兩箱裝書和漫畫，一箱只有雜誌，最後一箱則是漫畫和雜誌。我先檢查只有雜誌的那一箱，在青少年時尚雜誌之間發現《Wind週刊》，雞皮疙瘩都冒出來了。我實在不願意看裡面的內容，也不想把它擺在「金曜堂」的書櫃上。

——找和久商量好了。

我將倉儲室的門拉開一條細縫，搜尋老闆的身影，不巧他正在招呼客人。那找栖川談談吧。我將目光投向茶點區，他看起來也在忙。

關上門，我哀號了聲「傷腦筋」，又看向紙箱裡的《Wind週刊》，由於客群並非高中生，進貨數量不多。我將五本都抽出來，計算全部買下要花多少錢。這時，倉儲室的門毫無預警地開了。外頭的光線頓時從背後灑進來，我反射性地將手邊的五本雜誌全藏在圍裙底下。

「倉井，怎麼了嗎？」

槇乃的聲音響起。

「咦？沒有，沒事。什麼事都沒有。」

「你在拆箱？」趁槇乃看向那些紙箱時，我背對著她，像螃蟹走路般慢慢橫走到不鏽鋼櫃，將五本雜誌塞進最近的一格。千萬不能讓槇乃在毫無心理準備的狀態下看到這些雜誌，我拚命想要掩飾。察覺槇乃轉過來，我連忙關上櫃門。

「南、南店長，妳呢？妳要在這邊做事嗎？要不要我先出去？」

「我要查庫存，然後去地下書庫一趟。倉井，不好意思，我不在時，可以麻煩你顧一下結帳櫃檯嗎？」

「啊……好，當然，我很樂意。」

我一心惦記著藏在櫃裡的雜誌，走出倉儲室。

老實說，我想立刻找和久或栖川討論，但上行電車剛好進站，又遇上野原高中的放學時間，客人川流不息。我只好先專注完成眼前的工作，忙得團團轉，一眨眼時間就過去了。

忙碌時，我心裡隱約感到疑惑，倉儲室門後的電話怎麼一直響？但還來不及覺得「吵死了」，又恢復寧靜。可是，沒多久就會發現電話鈴響再度傳進耳裡。這種情況不斷反覆，宛如遠方的一波波浪潮。只是眼前的客人接應不暇，我連覺得奇怪的餘裕都沒有。等到我終於驚覺「電話到底響了幾次？不太對勁吧？」，忍不住環顧四周，恐怕已過了至少半小時。而且，我發現槙乃並未回到店面，不祥的預感導致後背滑下與炎熱無關的汗水。

好不容易等到結完帳的空檔，我打開倉儲室的門時，電話又響了。

一隻白皙的手迅速舉起。是槙乃。她完全沒看我，兀自接起電話。

「你好，這裡是『金曜堂』。」

槙乃側臉對著我，陷入沉默。電話另一頭，不知是低是高、是男是女的聲音響起。可能是話筒握得太緊，槙乃的指甲泛白。

「我不願意……」

槙乃的聲音宛如迸出水管的強勁水流，她繼續說：

「不管你說幾次，我都不會道歉。我不能道歉。」

「南店長？」

我忍不住出聲關切，但槙乃連頭也不回。

「你問爲什麼？因爲五十貝沒有做錯事。他是被害者。喂，喂喂？喂喂？」

看來，對方掛掉電話了。槙乃依舊緊握話筒，動也不動一下。我猶豫著是否該叫她時，她不自然地指向話筒，動作僵硬到彷彿能聽見嘎嘎嘎的生鏽嗓音。

「哎呀呀，眞是的。有個人從剛剛就一直打電話來，叫我代替五十貝，爲八年前讓日本全體國民蒙羞的那件事道歉……」

槙乃說出迅的名字的瞬間，纖瘦的喉嚨不住顫動。她咬住柔軟的唇瓣，沮喪地垂著頭，看起來比平時更嬌小。她的雙肩發抖，在秋老虎的悶熱天氣中卻顯得如此畏寒，我突然有股衝動想抱住她。緊緊抱住她，擊碎困住她的那些回憶。但我不能這麼做。如果忘記和迅之間的回憶，槙乃就不是她自己了。

——到底該怎麼辦才好？

我無計可施，拍了又拍手臂。

這時，一陣慌亂的聲音響起，倉儲室的門開了。和久雙手抵住木製門框，站在那裡，凹陷的雙眼先看向我和槇乃，再移至槇乃仍握在手中的話筒，最後又望向我。

「發生什麼事？」

「聽說明天發售的《Wind週刊》有一篇『金曜堂』的報導，好像會出現五十貝的名字，有人提早看到內容就打電話來……」

槇乃說到一半打住，望向我，臉上浮現虛無的笑容。

「倉井，這一期的《Wind週刊》在哪裡？我在那邊的紙箱裡沒看到。」

「啊……」

「讓我看。」

果斷伸出的那隻手十分小巧。即使聽到她的話，我依然無法動彈，和久又喊了聲「倉井」。我洩氣地垂下頭，僵硬地朝不鏽鋼櫃走去，將方才拚命藏起來的五本《Wind週刊》拿出來。

「對不起，剛才藪北先生打電話來告訴我這件事，所以……」

「你藏起來做什麼？」

和久傻眼地問，我只是再三地說「對不起」。

翻到那一篇報導後，槙乃的視線停在頁面上。閱讀時，她的神色沒有絲毫變化，但從後方探頭看的和久臉卻愈脹愈紅，氣到快冒煙。

「無聊！這種爛雜誌，五本我都買，不需要上架。」

他說著就想搶走雜誌，但槙乃躲開他的手，搖搖頭。

「阿靖，不行。書店就是要賣書。不管是什麼書、雜誌或漫畫，都是希望讓人閱讀才做出來的。」

槙乃的目光再次落在雜誌頁面上。她咬緊下唇，將雜誌遞給我。

「倉井，能麻煩你上架嗎？」

「是……」

我注視著槙乃纖細的手臂，只好點頭。接過雜誌時，輕輕擦過的指尖十分冰涼。槙乃的臉近在眼前，能聽見雙唇呼出的氣息。她望著我，我卻覺得她的聲音、手、目光，一切都遙遠至極。

就這樣吧。槙乃輕輕微笑，走出倉儲室。和久捶了一下我的肩膀，但我只是凝望著門，無法動彈。

✿

《Wind週刊》在全國書店上架幾天後，沙織打電話來。

電車正好抵達野原車站，我趕緊走下月台，將手機拿到耳邊。

沙織是目前住院的父親第三任太太，直到今年春天我搬離廣尾老家爲止，我們住在同一屋簷下將近四年。她的外表充滿女性纖柔的特質，個性卻爽快開朗，對正值青春期的男孩來說，實在是萬幸。

那樣大剌剌的沙織，劈頭第一句話就是：

——史彌，還好吧？

什麼事？我裝傻反問，沙織才說父親看到《Wind週刊》的報導，很擔心「金曜堂」和我，然後又重複一次同樣的問題。

「還好呀，當然。比起這個，爸爸還好吧？身體狀況如何？抱歉，昨天沒能去探病。」

我一直站在月台上聆聽父親的病情、同父異母的三歲雙胞胎妹妹的近況，和沙織的小牢騷，頻頻點頭或出聲應和。

最後，沙織的聲音又變得朝氣十足。「先這樣，有什麼事馬上跟我聯絡。遇到困難要懂得倚靠家人。」她幫我加油打氣，接著掛上電話。

我將手機收回口袋，望著對面的三號線月台，四處搜尋那隻定居野原車站的野貓，卻沒看見牠。不曉得是沒找到貓，還是順利結束與沙織的通話的緣故，我不禁長長嘆了一口氣。

昨天我原本要休假去東京的醫院探望父親。沒能去成，正是因爲現在的「金曜堂」一個人手都不能少。

換句話說，其實現在的狀況「不太好」。

外頭暑意未消，炙熱的空氣盤據不散，只有「金曜堂」內已是寒冬。簡直與不管打開哪一扇門，每一天放眼望去都滿是白雪的**「康乃迪克的一月」**不相上下，是冰天雪地的冬季。

光應付親友因擔憂打來的電話就有些疲憊了，更何況，最近打到「金曜堂」的淨是暴怒的陌生人。只能單方面聆聽抗議、抱怨或是宣洩情緒的話語，造成巨大的壓力。首先，工作時間被剝奪。好不容易掛上電話走回店裡，又要應付不是來找書而是來找店員的冷漠顧客，令人身心俱疲。等我注意到時，才發現自己連面對一般客人都戰戰兢兢，真的快撐不住了。

在每天都宛如嚴冬的日子中，我不禁佩服起對「一定有扇門通往夏天」深信不疑的貓——佩特。一個念頭閃過腦海，迅應該就是佩特那種人吧。

自動門開了，把我從這類對情況沒有幫助的念頭拉回現實。走進來的，是就讀野原高中一年級的東膳紗世。她是最近極少數能讓我感受到夏天氣息的客人之一。

「歡迎光臨。」

在我向紗世打招呼前，槇乃平穩的聲音便傳了過來。紗世睜大清澈的雙眼，低頭回應「啊，妳好」。那副模樣依然像一隻受到驚嚇的小松鼠，她甩動亂翹的頭髮，朝正在整理書櫃的我跑過來。

「欸欸，剛才南店長跟我說了『歡迎光臨』。」

她的悄悄話搔得我耳朵癢癢的。我先和紗世拉開一點距離，才點點頭。

「嗯……」

「不是『歡迎光臨金曜堂！』嗎？」

「嗯，最近都是『歡迎光臨』而已。」

我避免看向她，她從下方觀察我的表情，雙手交抱胸前。

「和久老闆呢？」

「出去了，四處去道歉。栖川得腸胃炎請假。當然，茶點區今天休息。」

紗世打從心底同情般皺眉。

「果然變成艱難的局面了，我是說『金曜堂』……南店長還好嗎？」

紗世十分關心站在結帳櫃檯裡的槙乃，頻頻瞄向那邊。我很想告訴她：完全不用擔心槙乃會注意到妳。現在的槙乃，眼裡什麼都看不見。我知道槙乃昨天整理書時，被新書的書頁割傷了左手食指。我想像那道割傷有多痛，臉都要皺起來了。可是，槙乃看不見我。假如我今天忘記刮鬍子就來上班，她想必也不會注意到吧？我是以怎樣的狀態、懷抱著什麼的心情待在這裡，她從沒想過吧？

我抬起頭，想揮開那種深深的無力感，開口問紗世：

「《Wind週刊》的報導，在野原高中也傳開了嗎？」

「一點點。好像有些人聽到父母談論，或是從網路上看到消息後，自己去找報導。」

「東膳，妳也是嗎？」

「我才不看，《Wind週刊》是大叔雜誌。」

堅決排斥的語氣，透露出紗世的怒氣，我感覺自己被拯救了。

「謝謝。」

「咦？討厭，我沒做什麼值得你感謝的……」

紗世按住絲巾質地的髮圈，整齊的門牙咬住下唇，環顧店內後，皺起眉說：

「現在沒有任何書展活動嗎？」

我沿著紗世的目光看過去，點頭回了聲「嗯」。

「眞登香常常叨念『金曜堂獨家精選夏季書展』到底要擺到什麼時候，總算收起來了。」

「對，前陣子終於結束書展。」

我望向自動門附近的書櫃。原本因「金曜堂獨家精選夏季書展」擺在那裡的的書籍，是我與和久代替毫無幹勁的槙乃收起來的。徹底清空的架上先用新書塡滿，只是沒經過槙乃的巧手裝飾，看起來十分單調無趣。實際上，銷售量也平平無奇。

——那個女生看到書展活動後書櫃變成這樣，想必會很失望吧。

我想起前陣子在野原車站月台上，詢問我書展活動的高中女生。原來那是紗世的好友眞登香，臉和名字終於搭上了。

「妳今天來找什麼書？」

聽見我的問題，紗世的目光又飄向槇乃。

「下次『星期五讀書會』的指定讀物由我負責挑選，但找不到什麼好書。我可以去找南店長商量嗎？」

我沒辦法立刻回答。紗世注視著我，小巧的鼻頭顫動。

「還是，現在先別過去比較好？」

「其實，店長最近都沒看書。」

百般猶豫後，我壓低聲音吐露實情。咦？紗世雙眼圓睜。我能理解她的訝異。當和久告訴我，槇乃最近別說新書，連以前的書都不看了，我的表情多半就和現在的紗世一模一樣。

「那個書癡南店長嗎？」

紗世心疼地皺起臉，接著，不知爲何鼻翼忽然翕張，她抬起圓滾滾的雙眼望著我。

「那麼，倉井先生，麻煩你代勞。」

「咦，我嗎？我哪有辦法給妳選書的建議啦。東膳，我看過的書數量和妳差不多。」

紗世瞇起眼睛，「嗯」地抿著嘴。

「我知道。可是，倉井先生，你好歹是『金曜堂』的店員吧？我想看的書，請幫忙找找。」

她都搬出這個理由了，我還能怎麼辦？傳聞「金曜堂」是「能找到想看的書」的書店，這項特色至今多由槙乃一肩挑起。同時，我不禁深思：

——儘管我只是個工讀生，但既然在書店工作，我想成為怎樣的書店店員呢？

我抬起頭，目光掃過書櫃。

我還無法精準說出理想中的樣貌，但我在心底發誓，書店絕不能對淹沒在書海中的顧客見死不救。儘管我跳往的方向沒有救生圈，最後會和顧客一起溺斃也一樣。

「只能放手一搏。」

我喃喃自語，紗世的視線在書櫃上不斷游移。

「哪裡？在哪裡？那本聽來深具啓發性的書在哪裡呢？」

「啊，不好意思。『只能放手一搏』不是書名，是我的決心……」

我忽然閉上嘴，伸手推動書櫃，搜尋「ア」（A）行的作家，很快找到我心中的那本書。因為那是我開始看《夏之門》前，在「金曜堂」買回家的書。而且，是我親自補貨上架。

「這本怎麼樣？」

看見我遞出的岩波文庫的封面，紗世側頭思索。

「《伊索寓言》？是那個《伊索寓言》嗎？」

「對，就是我們小時候都看過一、兩次繪本的《伊索寓言》。」

我點點頭，接下去說：

「每篇故事都很短，整本共有四百七十一篇故事。現在看長篇小說我心裡還是有壓力，這本讓人覺得輕鬆易讀。」

「不錯耶，我也喜歡短篇故事。」

紗世接過書翻了起來，一邊說出感想「跟小時候看的感覺不太一樣」。

「正因爲篇幅短，反倒能花時間深入挖掘。要當成啓蒙書來看也行，要以人生教訓的角度分析，或要單純享受極短篇的樂趣也可以。能滿足各種需求，是最棒的一點。」

「好像滿有意思的。可以只挑一篇來深入討論，也可以問大家對哪個故事最有共鳴，採取類似心理測驗的討論方式——嗯，下次『星期五讀書會』的指定讀物就決定是這本了。」

紗世用力點頭，神情愉快地遞出那本書。

「我買這本。」

這一瞬間，內心綻放出喜悅之情，我不禁感到詫異。協助顧客邂逅適合的書本，原來是這麼快樂的事啊。

走到結帳櫃檯結帳時，紗世對我說：

「倉井先生，你剛才介紹《伊索寓言》』時充滿熱忱，讓我很想買來讀。謝謝你。」

「我才要感謝妳。那個……謝謝。」

慌張之下，我行禮時腰彎得太低，頭撞到收銀機的尖角。紗世開懷大笑，笑到整齊的門牙都露出來了。「金曜堂」好久沒響起這麼開朗的聲音。

目送紗世經過入口附近新書書櫃的背影遠去，我側頭思索。方才，好像有什麼靈感閃過。一旦想捕捉住那一縷輕煙般的靈感，就立刻煙消雲散。我只得放棄，回去整理收拾到一半的書櫃。

當晚關店後，野原車站的站長突然來訪。

「咦，南店長呢？」他左右張望，問道。

「槙乃？一關店就回去了。」在少了栖川的吧檯，與和久並肩坐在高腳椅上折紙書套的我，如此回應站長後，那張總帶著笑意的臉龐頓時一暗。

「這樣啊。嗯，好吧，沒事了。」

但他那雙手藏到背後的動作，和久可沒漏看。

「什麼啦，站長。你手上拿著什麼？」

「這個是……」

站長還沒拿出來，和久已跳下高腳椅窺探。

「這不是書嗎？《貓咪今天也很可愛》（註一）？」

「對，之前在你們店裡買的。你們剛開店時，我請南店長幫我挑的書。」封面上少女懷中那隻貓，神似最近在野原車站出沒的貓。我說出心中的想法後，站長高興地「哈哈哈」笑了。

「對吧？那時候根本沒想過，有一天會在自己負責的車站照顧一隻貓。」

「這樣說來，最近月台上都沒看見那隻貓。」

聽到我的話，站長神情落寞地聳聳肩。

「嗯，最近我也沒看到牠。不過，牠就是野貓，前陣子可能只是剛好跑來我們車站，現在又跑去別的地方了吧？」

「怎麼感覺有點寂寞……」

「野原高中那些會來車站的學生也是這樣說。嗯，其實，我也有點失落，於是想起這本書。相隔許久再看一遍，比上次更有感觸，便想找南店長聊這件事……」

站長的表情有些不好意思，重新將那本書抱在胸前。他肯定是擔心這次的騷動會對「金曜堂」和我們店員造成衝擊吧？而他約莫也曾是請槙乃幫忙找到自己想看的書的客人吧？紗世也好，我也好，站長——大概也是——都從槙乃和書本獲得救贖，「金曜堂」這樣的顧客應該不在少數。

此時，我的思緒一頓。這半年來，親眼目睹的光景一幕幕快速掠過眼前。

春天。深夜的水果蜜豆，還有擺在旁邊的《聽不見天鵝唱歌》。貼滿便利貼的《漫長的告別》。那場虛構的運動會和《默默》。颱風夜的《家守綺譚》（註二）。

夏天。重新復活的「星期五讀書會」看的《第六個小夜子》。野原町白夜祭煙火的爆

註一：今江祥智的作品，收錄了與貓有關的十一則短篇。

註二：以上四本皆為《星期五的書店》第一集中引用的書。

裂聲仍迴盪耳際的《怕寂寞的克尼特》。耗費大把時間的《春宵苦短，少女前進吧！》。

我霍然回頭。可能是我的動作太大了，和久難得愣愣地問「幹什麼？」，整個人震了一下。

「不好意思，我想到一件事……」

「那我就先回去了。」站長正要告辭，我反射性地抓住他的肩膀。

「可以請站長一起幫忙嗎？這件事光靠我們書店店員做不到。」

站長與和久面面相覷。終於抓住那個靈感，我使勁推了推眼鏡，開口說明那個令我精神一振的主意。

❀

耗費數天收集志願者提供的「東西」，在和久與恢復健康回來上班的栖川的幫助下，星期四關店後——槇乃回去之後，一口氣完成全部的準備工作，將我的靈感化爲具體的現實。

看著忙到深夜終於大功告成的結果，和久面露喜悅，雙手交抱胸前。

「南會嚇一跳吧。」

「希望她會高興。」

可能是我的語氣不太有信心，和久捶了我的後背一拳。

「肯定會高興。栖川，對吧？」

「多半會。」

栖川瞇起藍眼睛端詳成品，又將目光投向我。罹患腸胃炎臥床休息的那幾天，他似乎瘦了不少，下巴線條變得更銳利。

「至少，這眞的拯救了我。倉井，謝謝你。」

我驀地一陣鼻酸，趕緊摘下眼鏡，假裝在擦拭鏡片。和久飛撲到栖川身上，像職業摔角選手一樣用手臂架住他的脖子。

「搞什麼啊，栖川，光顧著自己一個人道謝。」

「和久，你也可以說。」

「唔……」

和久頓時說不出話，整個人驚慌失措。目光一對上我，他立刻別過頭，從懷中掏出錢包。

「好，去吃一頓吧。去燒肉店「有吉亭」，要不要？都是臭男生的燒肉聚餐。」

「你又拿到折價券啦？」

「蠢蛋，不是啦。這是慰勞工讀生的好企畫，老闆臨時提供的獎勵。我請客，你趕快去把圍裙脫一脫，準備出發了。」

「要給獎勵，現金更好吧。」

栖川淡淡吐嘈，和久大聲嚷嚷著「栖川，你自己付錢，我可不請你」。但我心裡清楚，和久只是在掩飾害羞。我們三個好久沒這麼開心了。

證據就是，在店員已開始收拾、關門窗的燒肉店「有吉亭」裡，我們大聊特聊垃圾話和書本，氣氛格外熱絡。

太開心導致不小心吃太多的隔天早上，起床後肚子還是好飽，心情卻輕盈無比，我高高興興地出門準備去上早班。

蝶林本線下行電車的車窗外，原本綠意盎然的田園風光似乎稍稍褪色了。凝望遠處群山，會發現少部分樹林已逐漸染紅。這樣說來，我漫長的暑假就到這個週末爲止了。下週進入十月的同時，大學也開學了，此刻就算發現秋天的蹤跡也不足爲奇。

只是那一天，我發現的不僅僅是秋意。

「早安。」

「金曜堂」自動門打開的同時，我邊打招呼邊走進去。我原本想盡量第一個到，卻還是在茶點區吧檯裡看見槇乃的背影。

「早安……」

我戰戰兢兢再喊了一聲，因爲那個背影連動都不動。

我瞥向昨晚熬夜準備、要給來上班的槇乃一個大驚喜的成果。她是不是沒發現？我按捺不住，朝茶點區走去。

「那個，南店長……」

我走到附近，正要提高音量叫喚，不料從槇乃肩上映入眼底的畫面太過震撼，我不禁倒抽一口氣。

槇乃的前方，迅的書櫃幾乎空了。

原本擺在裡面的書像被一本本丟出去，橫七豎八散落在地上。更糟的是，旁邊的酒櫃也有幾瓶酒掉下來，破碎酒瓶灑出的酒液濺濕了那些書和地板。那簡直可說是書本的悽慘死狀。我立刻想起八年前迅老家遭到惡意塗鴉和丟石頭的事。

「南店長，妳還好嗎？這到底是誰……」

我勉強擠出的聲音十分沙啞。不過，槇乃終於回過頭來。她努力聚焦茫然的雙眼看向我，白皙面頰不住顫動。

「應該是五十貝吧。」

我單手按著鏡架，試圖望進槇乃的雙眼，整整五秒鐘後才「啊？」地驚呼。槇乃沒有任何反應，逕自走出吧檯，分別指向茶點區和書區的自動門。

「我早上來開門時，兩側的門都有上鎖。」

我告訴自己要冷靜，走進槇乃離開的吧檯，把書一本本撿起來，讓它們不要繼續泡在酒裡。

「妳的意思是，『金曜堂』是個密室？」

我把迅那些飄散出利口酒香氣的書排在吧檯上，一面問。槇乃神情認眞地點頭。

「人類不可能潛進上鎖的店裡吧？但如果是過世的人呢？如果是靈魂，一定輕輕鬆鬆就……」

「如果是迅，爲什麼要這樣粗魯地毀損自己的書？把書丟到地板上，還從上面澆酒。他不是會做這種事的人吧？」

我忍不住愈講愈大聲。這樣下去，槇乃的心眞的會沒辦法從八年前回來。我很焦慮。

槇乃怔怔地微偏著頭。面對這樣的她，我說不出「一定是惡作劇啦，是活生生的人類幹的好事」這種話，只能無力地望向天花板。把書全撿起來後，我走出吧檯，在茶點區來回走動，像偵探一樣趴在地板上，拚命找尋是否留有蛛絲馬跡——活生生的人類留下的痕跡。

在茶點區一無所獲，我轉移陣地到書區。

這時，有了重大發現。

「南店長，倉儲室的門是開的！」

槇乃渾身一震，趕忙跑過來。

位在結帳櫃檯後方的倉儲室那扇門，儘管只打開三公分左右，但確實開著。

「昨天有人忘記關了吧？」

槇乃的大眼睛頓時恢復澄澈神采，直視著我。說到昨天晚上——對了，我們三個男生高高興興地去了燒肉店「有吉亭」。一切收拾妥當以後，我們到倉儲室脫下圍裙，就鬧哄哄地出去了，所以才不小心沒關好——很有可能。

「很有可能，對不起。」

我捏著眼鏡，整個人縮成一團。槙乃說了聲「總之……」，伸手握住門把。那雙眼睛閃動著微弱的好奇光芒，映照出我的身影。

「我們查看一下吧。」

「太危險了，又不曉得是誰躲在裡面。」

槙乃深吸一口氣，凝望著倉儲室的門，忽然轉過頭來。

「倉井，我想確認這扇門後的情況，我可以開門嗎？」

「我知道了。只是……請等等，我走前面。」

我拿起放在結帳櫃檯裡、用來關鐵門的長鉤子。至少這是金屬製的，萬一有凶殘的壞人跳出來攻擊我們，總比空手要好吧。

我握住長鉤子，上身前傾，緩緩打開門。沒有窗戶的幽暗空間，頓時灑進早晨明亮的光束。今天的新鮮空氣，混進昨天的空氣中。只見擺放電腦的兩張桌子、不鏽鋼櫃、事務機和包膜機等塞在狹窄的空間裡，根本沒有可供一個人——就算是孩童也一樣——躲藏的空間。

——難道眞的是迅的鬼魂？不會吧？

我的大腦陷入混亂。槙乃從後方伸出手，指向地板。

「倉井，你可以把掉在地上的那疊紙移開嗎？」

我蹲下來照做。那是一疊訂單，書皆已到貨，早該丟了，只是沒空用碎紙機處理，於是愈積愈多。原本是堆在桌上或架上，常一個不小心就揮落到地板上。

「啊！」我忍不住驚呼。撿起那疊紙，下方出現一個黑漆漆的洞。我依然蹲著，抬頭望向槙乃。

「通往地下書庫的門……」

「開著。雖然只開了一個縫。如果不是我們忘了關就回家，就是有外人打開的。」

槙乃嚥下唾沫，看向我。那張臉幾乎已找回店長應有的神態。

「書庫裡都是要賣給顧客的書，不能出事，我們得去看看情況。倉井，記得安全第一。我們慢慢走下去吧。」

「好。」

我發涼的手從不鏽鋼架取下巨大的手電筒，握住地板那扇門的把手，往上一拉，通往地下的入口變大。打開手電筒照亮裡頭，感覺不出有人的氣息。

地板上的入口要拉到最大才能勉強容一人通過，我鑽下去，幽黑的階梯出現在眼前。

我們靠著手電筒的圓形光暈，一級級往下走。下了幾級階梯，右轉，繼續下階梯，左轉，穿過狹窄的通道，又是一道階梯……愈往下走，就會慢慢失去方向感，不知自己此刻究竟是面向東南還是西北。開始搞不清楚下了多少次階梯時，手電筒的光圈裡浮現最後一道階梯。定神一瞧，那裡更暗，是光源照不到底的細長階梯。每次要下這段階梯時，我都心驚膽跳地想著，該不會通往地獄吧？但今天更是冷汗直流。萬一前方的情況比地獄更糟，該怎麼辦？

儘管內心擔憂，總算是平安走下階梯。我按下電燈開關，成排日光燈同時閃爍亮起。原本是要建成地下鐵月台的空間，一排排鋁製書櫃映入眼底。

「有人在嗎？出來！」

我擋在槙乃前面大喊，只是聲音顫抖得有點慘烈。儘管如此，我仍直挺挺站好，一定要保護槙乃。

結果，從未有電車奔馳過的隧道中，我的聲音像是被吞沒，逐漸消散於空氣中，回歸一片寂靜。

「會不會眞的沒人？」

說到一半，一隻小手從後面伸來摀住我的嘴。

「噓，你沒聽見嗎？」

嘴唇上傳來槙乃指尖的暖意，我的體溫急速飆高，連忙將注意力集中在耳朵上。在安靜到幾乎要耳鳴的情況中，忽然有道短促、尖細又微弱的聲音響起。那是宛如一陣風鑽過隙縫的聲響。

等槙乃的手離開，我向她點點頭，搜尋著聲音的來源。沿著月台慢慢往前走，那個聲音持續規律出現。距離愈來愈近，終於聽出那是叫聲。

接著，我們在月台盡頭的書櫃後面看到牠。

一隻貓。

是前陣子出沒在野原車站的那隻野貓。一看見我們，牠立刻翻身逃走，一溜煙鑽進書店店員小憩用的沙發床底下狹窄黑暗的空間。平常是祖母綠的圓眼，此刻閃耀著金色光輝。看來，牠厚臉皮地借用原先蓋在沙發上的毛毯，布置成自己的小窩。

「原來是貓。」我和槙乃異口同聲說道，緊繃的神經頓時舒緩。

「那麼，弄掉五十貝的書……」

「還有讓酒瓶掉在地上摔破，全是這隻貓的傑作吧。牠可能是肚子餓了，想找東西吃。」

那隻貓肯定記得曾在吧檯上，從栖川手中搶走一塊厚切火腿。

我膝蓋著地，探頭往沙發底下看。比起爲貓造成的慘狀感到無奈，我更覺得鬆了一口氣。幸好不是有人惡作劇，我忍不住笑出來。

「你是什麼時候躲進來的？爲什麼待在這種地方呢？」

或許是我的聲音太大，占據毛毯的貓發出威嚇聲，渾身細毛都像含著靜電，一根根豎起。

「倉井，等一下，不覺得貓的模樣有點奇怪嗎？」

槇乃的聲音從身旁傳來。我轉過頭才發現，不知何時，她也單膝著地，蹲在地上。她一側頭，大波浪鬈髮隨之晃動。

「總覺得有點，嗯……啊！」

槇乃的音量突然提高。她搶在貓怒吼前，用雙手摀住自己的嘴巴，貼近我的耳邊，悄聲道：

「有小貓，一、二、三——三隻。看來，牠是跑來這裡生孩子。」

聽了她的話，我凝神細看，才注意到貓毛茸茸的肚子和毯子中間，有一群小傢伙在扭動。實在太小了，看起來不像貓，更像吃得圓滾滾的倉鼠。我豎耳傾聽，聽見「咪嗚、咪嗚」的細微叫聲。原來方才我們聽見的叫聲是來自這些小貓，而非母貓。

我和槙乃互望，不約而同露出笑容。

「牠在找適合生產的安全落腳處，最後找到這裡啊。也對，在這裡不用擔心風雨，又暗又安靜，空調也完善，可能真的很理想。」

「就算牠只是單純迷路，能平安生下小貓就好。」

聽到槙乃溫柔的語氣，我很高興。我按住鏡框，頻頻點頭。

在我們的注視下，母貓從沙發下流暢地爬出來。被留在層層波浪起伏般的毯子摺痕中的小貓們頓失倚靠，紛紛倒下。

母貓和我們保持距離，用那雙恢復成祖母綠的圓眼凝望著我們。我沒養過貓，過去也沒機會長時間盯著貓，所以，這是我第一次發現貓這種動物，神色認真時彷彿能訴說千言萬語，大吃一驚。槙乃似乎也同感意外，悄悄對我說：

「牠好像想說什麼。」

「嗯，如果牠能說話就好了。」

我想起《夏之門》裡，和寵物貓佩特愉快對話（猜測貓的想法並給予回應）的主角丹尼，便順口這麼回答。槙乃似乎覺得很有趣，於是看著我。

貓輕輕叫了一聲，豎起長尾巴，飛快走向月台盡頭。接著，牠再次望向我們，用清晰可聞的音量長長叫了一聲。

「牠是在叫我們嗎？」槙乃馬上就要走近，但貓豎起全身的毛往後退。

「哎呀，到底該怎麼做才好？」

槙乃停下腳步，換我往前走。我和貓咪保持一定的距離，徑直走到月台底端。我一邊觀察著貓的反應，謹慎向前。幸好牠看起來沒發怒，反而在我每往前踏出一步時，動動鼻頭，震動鬍鬚，以高深莫測的表情注視著我。讀不出那雙眼睛深處蘊藏的心情，我由衷感到可惜。

我跨過白線，站到月台邊緣，貓彷彿算準時機似地叫了。

「牠叫你『停下來』。」

槙乃的聲音很緊張。她什麼時候學會翻譯貓語？

我差點笑出來，嘴角維持上揚的形狀，望向月台下方。下一刻，我全身緊繃，瞬間發冷，手臂爬滿雞皮疙瘩。

「那裡……」

我回過頭時，臉上是什麼表情呢？我的聲音似乎太微弱，槙乃困惑地微笑著問「你說什麼？」，舉起手貼到耳朵上。

我沒有餘力再講一次，兀自朝鐵軌跳下去。

從地下書庫一躍而下，身體在空中飛舞，這是第二次。我腦中模模糊糊地閃過這個念頭。上一次發現時人已懸空，或者該說，沒能及時停下腳步。這次也差不多，確實是身體比大腦先動作，不過，因爲我清楚知道自己要「跳下去」，沒像上次一樣摔得狗吃屎，雙腳穩穩著地。

我跑近鐵軌旁的水泥地，一隻手伸進圍裙口袋摸索，掏出小毛巾。接著，隔著毛巾抱起我發現的那個東西。或許是牠摔到水泥地後，一直——更慘的話，可能一整晚都待在那裡的緣故，隔著毛巾也能感受到，比手掌還嬌小的那具身軀無比冰涼。頭下方的小耳朵似乎流血了，黏著鮮紅色血塊。

「倉井，怎麼了？」

槙乃慌忙趕到月台盡頭，氣喘吁吁地探頭。在我回答前，她已理解眼前的狀況，「啊」地驚呼一聲。

「還活著嗎？」

槙乃屏息問，我才想到也許還有機會，連忙將掌中的小生命靠近臉。

「還……活著，還活著！雖然微弱，但牠動了，還在呼吸！」

我歡天喜地大喊，槇乃臉龐一亮。她跪在月台上，朝我伸出雙手。

「把那隻小貓給我。」

日光燈的亮光從後方籠罩槇乃。光線太刺眼，我不停眨眼，將受傷的小貓包在毛巾裡遞過去。

兩手空了後，我翻上月台。槇乃早已邁步狂奔，趕著要從地下書庫回到地面上。我連忙緊跟在後，忍不住回頭看了月台一眼。

母貓依然端坐在剛才的位置，一直望著我。沒有炸毛，也沒有叫，看起來也不著急。接下來這件事說出來可能沒人信，但牠緩緩低下頭，像在說「拜託你們了」。

我這才想起小貓掉落的鐵軌旁，散落著一些切塊的法國麵包和醃製蔬菜。小貓雙眼都還睜不開就擅自爬出去，結果摔到鐵軌上，母貓沒辦法把牠救回月台。儘管想過去小貓身旁，但萬一下了鐵軌後連自己都上不來，就會害剩下的小貓餓死。母貓可能是這麼想的。

所以，母貓才會到上鎖的「金曜堂」裡四處跑動，把深夜無人的店內搞得天翻地覆，同時，拚命幫受傷的小貓找食物。即使心裡清楚小貓現在只能喝母奶，牠卻沒辦法不去找吧。

——只因希望牠活下來。

或許實際上貓的親子關係更爲嚴酷，但親眼看見這些情景後，我是這麼想像和解讀的。

「我們會救牠的，我保證。」

回過神，我才發現自己和丹尼一樣，對著一隻貓講話了。

❀

我注視著「五月動物醫院」的白色牆壁，身旁坐著槙乃。

我從地下書庫回到店裡時，剛來上班的和久與栖川，已從槙乃口中聽完事情的來龍去脈。和久立刻打電話找動物醫院，還幫我們叫好去醫院的計程車。

——倉井，「金曜堂」交給我們，你陪南一起去，可以吧？

和久問道，我點頭答應，和槙乃一起坐計程車來到醫院。只是，小貓送進診療室交由獸醫治療的期間，我們什麼都做不了，只能一心祈求牠平安無事。我一直忍不住往壞的方面想，爲了轉移注意力，我仔細欣賞白牆上掛的月曆，上面是一隻耳朵下垂的兔子吃草的照片。和久介紹的這家動物醫院，是他們家疼愛的兔子（品種和月曆照片一樣是荷蘭垂耳兔）的家庭醫師。偷偷說，牠的名字叫「公爵」。明明是母兔，卻取了男性的名字。

接著，我的目光移至診療室門旁掛的名牌。佐月倫子。臉頰瘦削、皮膚白皙，很適合穿白袍的一位女醫師。我似乎知道爲什麼和久隔三差五就帶公爵來醫院了。

望向旁邊，只見槇乃的臉色非常蒼白，雙手在膝上交握，縮著下巴，緊抿嘴唇。那雙大眼睛幾乎眨也不眨，只是牢牢盯著一點。

「牠會死嗎？我不要。」

槇乃說話時沒看我，像幼兒般不住搖頭。

「我討厭悲傷。我不想看。」

她激動地說完，緊緊閉上眼，像是陷入自己施加的詛咒。

我端詳槇乃白皙的側臉，再望向診療室的門。一想到在那扇門另一頭拚命努力的小貓，體內深處就緩緩湧現出話語。

「南店長，妳看過《夏之門》這本書嗎？」

聽見我突如其來的問題，槇乃睜開緊閉的雙眼看向我，疑惑地說：

「海萊因的小說？不好意思，我沒看過。」

沒想到槇乃居然沒看過。我的喉頭滾動了一下。這是我第一次談及槇乃不熟悉的書，不由得緊張起來。我暗自祈禱，希望自己能妥善表達，忍不住舔舔唇。

「我不久前剛看完。」

「哦，我記得是描述主角穿越時空的故事，對嗎？」

不愧是知名作品，大家都聽過故事概要和情節設定。

「對，我會避免揭露關鍵情節。由於各種意外因素，主角丹尼從一九七〇年的世界『**冬眠**』到三十年後的未來。」

「冷凍睡眠嗎？即使光陰流逝，身體也維持原來的年紀？」

確認槇乃的注意力逐漸轉向書本內容，我點點頭應道：

「對。閉上眼後，下次再睜開，就是三十年後了。現在這個讓自己飽嘗辛酸的世界將成爲過去，此刻令自己苦惱的人事物也都會化爲遙遠的歷史。」

「痛苦會消逝嗎？畢竟大家常說『時間就是最好的解藥』。」

槇乃一臉羨慕地說道。我看向月曆上的兔子，吐出一口氣。

「應該說，人要隨著時間一步步向前，時間才會成爲解藥。如果只是難受的事情轉眼變成歷史，是不會獲得解脫的。在這本書裡，丹尼在未來又經歷許多考驗。」

我從一直揹著的背包拿出《夏之門》，翻看折角的幾頁，讀出我要找的那一段。

「對一個正常人而言，睡一場長覺就跳到下個世紀也不會讓人滿意，這就像沒看到前面的情節，只看到電影的結局。接下來的三十年，我只要隨著眼前的變化，好好享受一切，然後，等我來到西元兩千年，就會明白是怎麼回事。」

「說的沒錯。書也一樣，如果從最後一頁開始看，就沒意思了。」

槙乃說了個符合書店店長身分的譬喻，頻頻點頭，雙頰微微透出紅潤，我放下心來。

「其實，我對科幻作品並不特別感興趣。作者海萊因在書出版的一九五六年，預測一九七〇年和二〇〇〇年的未來文明和機械，這部分的描寫完全引不起我的興趣。不過，這本書相當有意思。」

「哪裡有意思？」

槙乃反射性地問道。我腹部一用力，轉向槙乃。

「主角丹尼的內心。他絕不放棄。就算被命運打倒在地，就算走投無路，也會找出當下自己能做的事，請求周圍的人協助，試圖在身處的世界中找尋一絲光亮，並且，積極向前。舉例來說……」

我讀出書裡印象深刻的丹尼發言。

「未來會比過去好。縱使有那些懷舊者、浪漫主義者，以及反智主義者，但這世界正

在不斷改善。」

「好正面的想法。」

「對，就算考慮到作者寫下這些話的時代和地點——一九五〇年代的美國，依然極為正面。正面到我都忍不住要笑出來了。不過，那些話鼓勵了我。」

槙乃一直望著我手裡那本書的封面，輕聲說：

「《夏之門》有什麼含意呢？」

「主角養的貓佩特，因為討厭冬季的冰天雪地，總是在尋找的那扇門。綜觀整個故事，我認為那象徵『希望』。只要打開那扇門，肯定有大好未來在前方等著。不光是佩特，丹尼也不斷在尋找『夏之門』，絕不輕言放棄。」

我字斟句酌地說完，槙乃眨眨卷翹的睫毛，放鬆了嘴角。

「大好未來嗎？」

「對。我也想相信，在那扇門的另一側，有燦爛美好的未來。」

我這麼說完，便指向診療室的門。這一刻，門正好開了。

我和槙乃趕忙跑過去，佐月醫師瞇眼望向我們，舉起懷裡那隻小貓。

牠身上的髒污已清理乾淨，原本濕淋淋的毛都乾了，顯得蓬鬆柔軟。在計程車上發生數次的痙攣也止住了，看起來呼吸變得輕鬆許多。

「我可以摸牠嗎？」槙乃確認沒問題，才伸手輕撫小貓，指尖滑過額頭、後頸和身體，接著她大大吐出一口氣。

「還活著。」

槙乃咀嚼著這份喜悅，佐月醫師點點頭。

「對，體溫也回復正常了吧？保險起見，今天需要住院觀察一晚，但性命保住了。如果有什麼狀況，我會馬上打電話到『金曜堂』，所以你們可以先回去。」

佐月醫師慢條斯理地拉攏白袍，面露微笑。「可是……」我們的目光仍緊緊黏在佐月醫師懷中的小貓上。於是，她斂起下巴，果斷表示：

「你們還有要緊的工作吧？剛才我聯絡和久，他聽起來忙得不得了。這邊眞的沒事了。」

我和槙乃同時抬頭看向動物醫院的壁掛式時鐘，早已過了「金曜堂」的開店時間，差不多要到野原高中學生的上學尖峰時段。此刻我才想起，開店前的準備工作我們一項也沒做就跑出來了，頓時渾身一僵。

「啊，計程車正巧到了。我剛才先打電話叫的。好了，快上車吧。」

於是，我們在小貓和佐月醫師的目送下，返回「金曜堂」。

我們在野原車站前的圓環下車，穿過驗票閘門。無論圓環或驗票閘門，都擠滿上班上學的人潮——尤其是要去野原高中的學生們。而圓環對面的麵包店「克尼特」，顧客更是川流不息。看這個情況，野原車站裡的「金曜堂」想必也是忙翻天。

我和槙乃似乎想法一致，一到天橋上，不約而同小跑步起來。

書區那側的自動門一開，好幾道聲音同時響起。

「歡迎光臨『金曜堂』！」

領先我一步的槙乃渾身一震，愣在原地。

越過槙乃的髮旋上方，我注視著此刻映在她眼中的光景。

和久奮力敲打著收銀機。他的旁邊是將長年累積的聊天功力，淋漓盡致地發揮在接待客人上的資深家庭主婦楢岡太太。楢岡太太是朗讀社「長崎蛋糕」的主辦人，定期會借「金曜堂」的茶點區舉辦活動。像頭巾一樣纏在她頭上的芥黃色絲巾，流露出秋天的氣息。

在書櫃之間走動，一邊左右張望避免妨礙客人，一邊用不熟練的動作更替雜誌的，是豬之原小姐。她是我那所大學的行政人員，也是與「金曜堂」有緣的客人，絕非書店店員。

我的目光接著往茶點區移動，看到正把紙箱放在圓桌上拆開驗貨的栖川和紗世，還有像是眞登香的高中女生身影。

槇乃感動地問：

「大家……爲什麼……？」

「我接到老闆的電話說『人手不夠，傷腦筋』。」

楢岡輕描淡寫地回答，與我對上眼的豬之原立刻別開臉。

「幸好還沒開學。」

紗世和眞登香緊緊黏在一塊，並排站好，深深一鞠躬。

「那我們去上課了，先走一步。」

「喔，用功的好學生。拖到這麼晚眞不好意思，我會報答妳們的。」

「報答就不必了，只要『金曜堂』今天也開著就夠了。」

紗世當場回答，身旁的眞登香頻頻點頭，把靠椅子立著的巨大低音號收納袋揹上肩。

「那我們去上學了。」聽見兩人甜美的道別，店裡的大人們不由得齊聲回應「路上小心」。

「我好久沒在早上跟別人說『路上小心』了。」顧客都離去後，站在結帳櫃檯裡的楢岡太太開心地表示。這麼說來，我記得楢岡太太的老公退休多年，子女也早就自立門戶。

楢岡太太看向旁邊的和久。

「那些貓——包含正在住院的小貓，還是由我領養如何？」

「站長說，野原車站那隻貓和牠的小孩總不能一直待在地下書庫，正在幫忙找人養。」

回答楢岡太太之前，和久先向我與槇乃說明情況。接著，他轉向楢岡太太，威脅似地詢問「眞的可以嗎？」，楢岡太太大方點頭。

「嗯，母子在一塊，不管母貓或小貓都能安心生活吧？我和我老公也能向貓說聲『路上小心』，熱熱鬧鬧過日子。」

「貓的壽命很長喔。」

「沒問題，我們的積蓄足夠養這些貓。萬一我們夫妻先走一步，也會在找好接手的主人，請放心。」

前。

楢岡太太幽默地掛保證。這時，槙乃輕聲驚呼。和久順著她的視線望去，雙手交抱胸

「南，妳終於發現了。」

「抱、抱歉，早上一來我就被吧檯的慘狀嚇到了，完全沒發現這個……」

「這可是昨天我們使出渾身解數，熬夜做出的書展。」

和久嘿嘿一笑，栖川抱著紗世他們驗完貨的紙箱走過來。

槙乃朝他們兩人問：

「這個書展是誰的主意？」

「妳聽了不要嚇到，是小少爺工讀生。」

「倉井嗎？」

槙乃緩緩伸手撥了下大波浪鬈髮，轉向我。那雙大眼睛，睜得又圓又大。

我心跳加速，別開視線說：

「不好意思，我擅作主張。『金曜堂獨家精選夏季書展』結束後，我就在想那個櫃子該擺些什麼書，忽然靈機一動……」

我是在和紗世及野原車站站長這些顧客對話的過程中想到的。

「做一個書展來介紹『金曜堂』店長幫顧客找到的書如何？」

《聽不見天鵝唱歌》、《漫長的告別》、《默默》、《家守綺譚》、《第六個小夜子》、《怕寂寞的克尼特》、《貓咪今天也很可愛》——還有其他幾十本，數量不亞於夏季書展的眾多書籍，露出封面整齊排好。其中有不少以迴紋針別著小紙片。那本書成爲自己「想看的書」——紙片上是客人的感想，裡面也有像是當紅童星津森渚，或《Hot日報》記者藪北勝，這些平常不會來野原車站的客人。

「南，我們分頭打電話給客人，問他們和妳透過對話找到的書名，再去查看有沒有庫存，並拜託願意的客人寫一段推薦文。」

和久得意洋洋地說完，栖岡太太補上一句。

「我也幫忙了，畢竟常蒙受『金曜堂』關照，這是小事一件。更何況，光是有機會參與這麼有趣的計畫，我就很高興了。」

「同感。」

書櫃間隙傳來豬之原小姐冷淡的聲音。只是，她注視著槙乃的目光，流露出掩不住的溫柔。

「要是等電車或來車站時，可以順便逛逛的書店不在了，我會很困擾。我希望野原車站裡，一直都能看到『金曜堂』。南店長，拜託妳嘍。」

「大家……」

槙乃還在搜尋合適的話語時，栖川重新抱好紙箱，用悅耳的嗓音說：

「南，託妳的福，我們不知不覺擁有許多名爲『顧客』的夥伴。情況和八年前不同了。」

察覺到槙乃似乎再度望向前方，我終於抬起頭，對著柔軟秀髮上的髮旋輕聲說：

「南店長，我認爲『金曜堂』的自動門，也是一道《夏之門》，妳覺得呢？」

我忽然聽見空氣晃動的聲音。或者該說是，鑰匙旋轉、開啓門扉的聲音。

槙乃背著手，走向書展的書櫃，一本本仔細看過，推薦文也一張張讀過。點頭好多次，擦拭眼角好多次後，她環顧在場所有人，微微一笑。

「沒錯，這個書櫃裡蘊藏著未來。」

除了我之外，大家都聽不懂她話中的含意。緊接著，她拍手提醒「好，再八分鐘下行電車就會到嘍」，打斷他們疑惑的目光。她先向楢岡太太和豬之原小姐道謝，再請和久與栖川回到原本的崗位上，並吩咐我穿上圍裙站到結帳櫃檯。

我打開倉儲室的門，槙乃跟著進來。

甘甜的利口酒香氣撲鼻而來。我望向地板，只見地上鋪著塑膠布，先前泡在酒裡的迅的書，幾乎都攤開、立起來擺好了。看來是先放在倉儲室晾乾。

短短二十年的人生中。迅讀過的、喜愛的書本圍繞住腳邊，我和槇乃默默注視地板片刻。

半晌，槇乃開口：

「以前，一想到這世界上五十貝看不到的書愈來愈多，我就覺得很難過。每次發現有趣的新書，就會因不能找他聊那本書而感到傷心。其實，那樣的日子我眞的過累了。」

槇乃怯怯轉身，微微張開嘴，抬頭看向我。

「打開門向前走，不等於拋下那些已不在的人吧？」

由我來回答妥當嗎？我遲疑了一瞬間。但槇乃會問我，表示她因這個沉重的問題陷入迷惘，內心脆弱。我忽然很想拉她一把。那個難題，就讓我陪她一起扛。兩個人一起分擔，至少會比較容易前進吧？

「不等於。絕對、絕對，不等於。」

我堅決地說完，槇乃微笑點頭，打開不鏽鋼櫃，取出墨綠色圍裙，應道：

「倉井，你眞體貼。」

「不，我哪有……」

我的良心備受煎熬。我這樣說，只是不想失去喜歡的人和喜愛的地方而已。既然無從詢問迅本人的想法，就選擇能讓槙乃心裡輕鬆的觀點。或許也是讓自己在不用告白的情況下，能繼續待在槙乃身邊的手段。

——我只是一個自私又狡猾的人。

那道難題沉甸甸地壓上肩頭，我咬住下唇，用力將圍裙的帶子綁緊。背後傳來槙乃的聲音。

「我今天就買回家看。」

我回過頭，槙乃像是嫌光線刺眼般頻頻眨眼，稍微挪開視線。

「《夏之門》。倉井，聽完你的分享，我想看了。」

「真的嗎？太好了——妳一定要看，一定喔。」

槙乃會發現嗎？我深受那本小說的結局震撼。

不是站在主角的立場，而是站到另一方的立場來看時，那個故事簡直就是一個如夢境般美好的快樂大結局。原本不可能成功的戀情終於開花結果。比任何人——甚至比佩特都更加渴望《夏之門》的她，能等到那個結局，我真心祝福、羨慕，並且，深深愛上這本小說。

槙乃會發現嗎？我將自己的感情投射到那個女孩的身上了。萬一槙乃發現，我會有一點……不，會非常難爲情。

我頻頻調整眼鏡的位置，槙乃神情愉快地看著我，轉開倉儲室的門把。她握著門把，回頭對我說：

「倉井，謝謝你幫我找到想看的書。」

從開啓的門縫，未來的光亮灑了進來。

一些私人的書籍話題——想在後記與你聊聊

很高興時隔不久就能推出《星期五的書店》第二集。

我懷抱著對拯救了「金曜堂」書店店員與顧客的那些書本的感謝，想在這裡聊聊自己和這些書的小故事。

恩田陸《第六個小夜子》

我以前曾在遊戲公司上班。當時的課長屬於雜食類的讀者，各種領域的書都會買，看完的書就拿到公司來，擺在辦公桌旁的書櫃上，宛如豪爽的貴族，對下屬大方表示「有喜歡的書就自行拿去看」。當時還沒有網路書店，對於不分假日，從早到晚都待在公司，根本遇不到拉開鐵門的書店的我，那位課長的書櫃就是書店，甚至可說是通往書本的橋梁。

我從課長的書櫃拿起的書本中，有一本就是《第六個小夜子》。根本不曉得這是怎樣的故事，我就說「想借這本」。我還記得在末班車上翻開這本書後，便著魔般無法停下來，回到公司宿舍也繼續看，一直看到早上，在去公司的電車上才終於看完。凌晨兩點多，一個人在房裡看到校慶禮堂那一幕時，我都快嚇死了！

我抱著書下車，因徹夜未眠而不停眨眼，仰望辦公大樓叢林上方的藍天時，忽然驚覺「啊，我的青春早已遠去」。

即使是現在，每次在書店看到《第六個小夜子》，我都會想起第一次看完書後，抬頭望見的那片遙遠又美麗的蔚藍天空。

朵貝．楊笙《怕寂寞的克尼特》

成年後，有一段時間我喜歡蒐集繪本。我會買一些封面漂亮可愛的繪本，擺在房裡當裝飾，想用一種簡單的方式讓人覺得我「品味好」。

懷著「我就是要挑封面！」的心態，一進去大型書店就直奔繪本區，也會特地去鎌倉或原宿的繪本專賣店，甚至還會請目黑的家具店將店裡展示的繪本賣給我。

可是，不曉得什麼緣故，屋裡滿滿的繪本勾不起我翻開的欲望，有許多本我一直都不知道故事內容到底在講什麼。《怕寂寞的克尼特》也是其中之一。

後來會想仔細翻閱，是在一個偶然的機緣下，認識了作者朵貝．楊笙。她眞的很會說故事，圖畫也很動人，而且無論是面對自己的人生，或在創作書本裡的世界時，都不會誤解愛的眞諦。那是由於她對自己極爲誠實的緣故。想瞭解更多的朋友，不妨去翻閱《朵貝・楊笙的工作、愛、姆米》或《姆米的創作者——朵貝・楊笙》等傳記。

先瞭解作者的生平再閱讀《怕寂寞的克尼特》，我眞的深受衝擊，堂而皇之地寫在第一頁的獻詞：「獻給Tuulikki。」（朵貝的終身伴侶）簡直是閃閃發光。同時，我似乎也隱約看見了深藏在自己內心的怪物「莫蘭」。

我依然會買繪本，不過現在對故事內容的期待程度，和對封面的欣賞程度幾乎一致了。而且，我全都會仔細看完。

森見登美彥《春宵苦短，少女前進吧！》

在報紙廣告上看見這個出色的書名時，中村佑介曲線優美、令人印象深刻的插畫，以及十分吸引人的節錄內容，給我一種強烈的預感和信心「新故事誕生了！眞的誕生了！」，內心十分雀躍。

帶著宛如春風吹拂的心境，喜孜孜地出門去附近書店。在那裡等著我的是，平台上以作者的出道作《太陽之塔》擺成的圓形中，猶如龍捲風般堆成塔狀的《春宵苦短，少女前進吧！》。

那是我第一次親眼看見「書塔」。書店店員的藝術創作太過震撼，結果我沒買原本要買的《春宵苦短，少女前進吧！》，而是買了《太陽之塔》回家。這件事現在回頭看已成爲美好的回憶——哎呀，就是覺得應該要先突破這個結界（《太陽之塔》），才能抵達寶藏《春宵苦短，少女前進吧！》吧。

後來，我終於如願買下《春宵苦短，少女前進吧！》，無論重看幾次，每當迎來最後一句話時，心中總是充滿感動，好想當場躺下來打滾。

羅伯特・A・海萊因《夏之門》

我和「金曜堂」那三位一樣，《夏之門》也是我「知道很久，但沒看過的書」。不管去哪家書店總會瞄到架上庫存，但我老是悠哉地想「哪天該來看一下」，一晃眼幾年就過去了。決定要在本書第四章描寫「金曜堂」的未來時，率先浮現腦海的就是這本書。

時機到了。我順從直覺跑到書店，店裡賣的是重譯本，這也是一種緣分吧。我不假思索地買回家，讀完心裡更明白了，果然就是應該此時此刻看，就採用這本書吧。

我認爲不光是《夏之門》，每個人都有適合讀某本書的最佳時機。正因如此，我衷心期盼多如繁星的各種書籍（當然「星期五的書店」系列也包含在內！），都能在最完美的時間點去到讀者手中。而我就是將那樣的盼望化爲具體情節，寫下「金曜堂」的故事。

那麼，下次會出現怎樣的人和書呢？我自己也期待萬分。

希望新書很快就能和大家見面，也請各位繼續支持我。

名取佐和子

星期五的書店推薦書單——向所有的書致上謝意

・內文中引用的書：

恩田陸《第六個小夜子》（新潮文庫　二〇一二年）

朵貝・楊笙《怕寂寞的克尼特》渡部翠譯（講談社　一九七六年）

森見登美彥《春宵苦短，少女前進吧！》（角川文庫　二〇〇八年）

羅伯特・A・海萊因《夏之門》小尾芙佐譯（早川書房　二〇〇九年）

・內文中提到的所有書

法蘭絲瓦・莎岡《日安憂鬱》河野萬里子譯（新潮文庫　二〇〇八年）／江國香織《西瓜的香氣》（新潮文庫　二〇〇〇年）／佐藤多佳子《轉瞬爲風》（全三冊）（二〇〇七～〇九年）／筒井康隆《穿越時空的少女》（角川文庫　二〇〇六年）／冰室冴子《海潮之聲》（德間文庫　一九九九年）／石黑亞矢子《妹妹們來開會》（BILLIKEN出版　二〇一六年）／上野紀子《大象的鈕扣》（富山房　一九七五年）／André Dahan《好喜歡你。》角田光代譯（學研PLUS　二〇〇七年）／加古里子《烏鴉的麵包店》

（偕成社　一九七三年）／羽海野千花《3月的獅子》（一～十二集）（JETS COMICS　二〇〇八～二〇一六年）／九井諒子《迷宮飯》（一～四集）（BEAM COMIX　二〇一五～一六年）／柯南・道爾《失落的世界》（光文社古典新譯文庫　二〇〇六年）／大仲馬《基度山恩仇記》（岩波文庫　一九五六年）／柯南・道爾《全譯版　夏洛克・福爾摩斯全集》（偕成社　二〇〇三年）／《織田作之助全集》（講談社　一九七〇年）／森見登美彥《太陽之塔》（新潮文庫　二〇〇六年）《四疊半神話大系》（角川文庫　二〇〇八年）《企鵝公路》（角川文庫　二〇一二年）／《情書的技術》（Poplar文庫　二〇一一年）／小林信彥《奇怪的男人　渥美清》（筑摩文庫　二〇一六年）／星新一《愛管閒事的眾神》（新潮文庫　一九七九年）／三島由紀夫《太陽與鐵》（中公文庫　一九八七年）／小林秀雄、岡潔《人類的建設》（新潮文庫　二〇一〇年）／東海林禎雄《大口吃松茸》（文春文庫　二〇〇一年）／糸井重里、湯村輝彥《再見企鵝》（Hobonichi Books　二〇一一年）／大岡昇平《野火》（新潮文庫　一九五四年）／東山彰良《流》（講談社　二〇一五年）／三島由紀夫《金閣寺》（新潮文庫　二〇〇三年）／小林秀雄《小林秀雄對談集》（講談社文藝文庫　二〇〇五年）／小林秀雄《莫札特　無常這件事》（新潮文庫　一九六一年）／東海林禎雄《庄司眼中的日本》（文春文庫　一九七六年）／大岡昇平、埴谷雄高《兩個同時代史》（岩波現代文庫　二〇〇九年）／大岡昇平《成城隨筆（上・下）》（講談社文藝文庫　二〇〇一年）／大岡昇平《事件》（新潮文庫　二〇〇三年）／大藪春彥《該死的野獸》（光文社文庫＝伊達邦彥全集1　一九九七年）／東山彰良《路傍》（集英社文庫　二〇一〇年）／羅伯特・A・海萊因《夏之門》福島正實譯（早川文庫　一九七九年）／菲利帕・皮亞斯《湯姆的午夜花園》高杉一郎譯（岩波少年文庫　二〇〇〇年）／伊坂幸太郎《家鴨與野鴨的投幣式置物櫃》（創元推理文庫　二〇〇六年）／獅子文六《電車鈴響》（河出文庫　二〇〇六年）／《伊索寓言》（岩波文庫　一九九九年）／今江祥智《貓咪今天也很可愛》（春樹文庫　二〇一六年）／庄司薰《聽不見天鵝唱歌》（新潮文庫　二〇一二年）／雷蒙・錢德勒《漫長的告別》（早川推理文庫　一九七六年）／麥克・安迪《默默》大島香譯（岩波書店　一九七六年）／梨木香步《家守綺譚》（新潮社　二〇〇四年）／鮑爾・威斯汀《朵貝・楊笙的工作、愛、姆米》畑中麻紀、森下圭子譯（講談社　二〇一四年）／托拉・卡魯拉萊恩《姆米的創作者——朵貝・楊笙》Takako Servo、五十嵐淳譯（河出書房新社　二〇一四年）

＊按登場順序排列，盡可能列出容易購買的版本，但也可能遇到缺貨或絕版等情形。

NIL 39／星期五的書店：夏天與汽水

原著書名／金曜日の本屋さん：夏とサイダー
原出版者／角川春樹事務所
作　　者／名取佐和子
翻　　譯／徐欣怡
責任編輯／陳盈竹
編輯總監／劉麗眞
總 經 理／陳逸瑛
榮譽社長／詹宏志
發 行 人／凃玉雲
出 版 社／獨步文化
城邦文化事業股份有限公司
104台北市中山區民生東路二段141號5樓
電話：(02) 2500-7696　傳眞：(02) 2500-1967
發　　行／英屬蓋曼群島商家庭傳媒股份有限公司
城邦分公司
104 台北市中山區民生東路二段141號2樓
網址／www.cite.com.tw
讀者服務專線／(02) 2500-7718；2500-7719
服務時間／週一至週五：09：30～12：00　13：30～17：00
24小時傳眞服務／(02) 2500-1900；2500-1991
讀者服務信箱E-mail／service@readingclub.com.tw
劃撥帳號／19863813
戶名／書虫股份有限公司
香港發行所／城邦（香港）出版集團有限公司
香港灣仔駱克道193號東超商業中心1樓
電話／(852) 2508-6231　傳眞／(852) 2578-9337
E-mail／hkcite@biznetvigator.com
馬新發行所／城邦（馬新）出版集團
Cite (M) Sdn Bhd
41, Jalan Radin Anum, Bandar Baru Sri Petaling,
57000 Kuala Lumpur, Malaysia.
Tel: (603) 90578822
Fax:(603) 90576622
email:cite@cite.com.my
封面插圖／左萱
封面設計／蕭旭芳
排　　版／游淑萍
印　　刷／中原造像股份有限公司
●2022年4月初版
●2023年8月23日初版三刷
售價320元

版權所有・翻印必究 ISBN 978-626-7073-48-3（平裝）
ISBN 9786267073490 (EPUB)

國家圖書館出版品預行編目資料

星期五的書店：夏天與汽水 / 名取佐和子著；徐欣怡譯．–初版．– 台北市：獨步文化，城邦文化出版：家庭傳媒城邦分公司發行，民111.04
面　；公分．--（NIL；39）
譯自：金曜日の本屋さん：夏とサイダー
ISBN 978-626-7073-48-3（平裝）
ISBN 9786267073490 (EPUB)
861.57　　111003750

獨步文化
APEX PRESS

廣　告　回　函
北區郵政管理登記證
台北廣字第000791號
郵資已付，免貼郵票

104台北市民生東路二段 141 號 2 樓

英屬蓋曼群島商家庭傳媒股份有限公司
城邦分公司

請沿虛線對摺，謝謝！

獨步文化
APEX PRESS

書號: 1UY039　　**書名**: 星期五的書店：夏天與汽水　　**編碼**:

請於此處用膠水黏貼

獨步文化 APEX PRESS

讀者回函卡

謝謝您購買我們出版的書籍！

請費心填寫此回函卡，我們將不定期寄上城邦集團最新的出版訊息。

姓名：＿＿＿＿＿＿＿＿＿＿ 性別：□男 □女

生日：西元＿＿＿＿年＿＿＿＿月＿＿＿＿日

地址：＿＿＿＿＿＿＿＿＿＿

聯絡電話：＿＿＿＿＿＿＿＿＿＿ 傳真：＿＿＿＿＿＿＿＿＿＿

E-mail：＿＿＿＿＿＿＿＿＿＿

學歷：□1.小學 □2.國中 □3.高中 □4.大專 □5.研究所以上

職業：□1.學生 □2.軍公教 □3.服務 □4.金融 □5.製造 □6.資訊

□7.傳播 □8.自由業 □9.農漁牧 □10.家管 □11.退休

□12.其他＿＿＿＿＿＿＿＿＿＿

您從何種方式得知本書消息？

□1.書店 □2.網路 □3.報紙 □4.雜誌 □5.廣播 □6.電視

□7.親友推薦 □8.其他＿＿＿＿＿＿＿＿＿＿

您通常以何種方式購書？

□1.書店 □2.網路 □3.傳真訂購 □4.郵局劃撥 □5.其他

您喜歡閱讀哪些類別的書籍？

□1.財經商業 □2.自然科學 □3.歷史 □4.法律 □5.文學

□6.休閒旅遊 □7.小說 □8.人物傳記 □9.生活、勵志 □10.其他

對我們的建議：＿＿＿＿＿＿＿＿＿＿

＿＿＿＿＿＿＿＿＿＿

＿＿＿＿＿＿＿＿＿＿

為提供訂購、行銷、客戶管理或其他合於營業登記項目或章程所定業務需要之目的，家庭傳媒集團（即英屬蓋曼群島商家庭傳媒股份有限公司城邦分公司、城邦文化事業股份有限公司、書虫股份有限公司、墨刻出版股份有限公司、城邦原創股份有限公司），於本集團之營運期間及地區內，將以mail、傳真、電話、簡訊、郵寄或其他公告方式利用您提供之資料（資料類別：C001、C002、C003、C011等）。利用對象除本集團外，亦可能包括相關服務的協力機構。如您有依個資法第三條或其他需服務之處，得洽詢本公司服務信箱cite_apexpress@cite.com.tw請求協助。相關資料不提供亦不影響您的權益。

□我已詳讀權利義務之相關條款，並同意遵守。

請於此處用膠水黏貼